내 안의 여린 상념들

내 안의 여린 상념들

전덕순 수필집

수필과비평사

10년 세월이 빚은 자화상

등단한 지 올해로 10년이다. 세월이 빠르다는 푸념은 누구나 입에 달고 살지만 내가 등단하고 보낸 10년은 너무 빠른 듯하다. 하긴, 엇비슷하게 등단한 문우들 중 몇몇은 한두 권의 수필집을 발간했으니 내가 너무 미적거린 게다.

그래도 그간의 원고들을 살펴보니 책 한 권 분량이 넘는다. 치열하지 않았지만 문학 활동을 했다는 흔적이다.

문학 활동은 내게 정신적인 갈증을 촉발하기도, 때론 갈증해소로 행복을 느끼게도 해줬다. 모든 사물이 내 삶과 의미 있는 연으로 다가오고, 되풀이되는 일상도 새로움으로 각색된다. 새로운 시선으로 바라보고, 무심결에 스치는 하찮은 것들조차도 내 안으로 들이고 싶어진다. 시간은 언제나 정지해 있는 것처럼 낮과 밤의 구별이 희미해진다. 잡다한 사상事象에 관심을 쏟기도 한다. 10년이 흘렀는지, 내 나이가 얼만지 굳이 셈할 필요를 느끼지도 않는다. 또 한 편의 글을 잉태했다는 기쁨. 그게 온전한 삶의 낙이라고나 할까.

한 편의 글이 형상화되어 빛을 보려면 내 심안은 사유의 난장亂場이 돼야 한다. 그 난장을 즐기기까지 오랜 세월이 필요했다. 이제는 그 치열한 난장이 희열이다. 힘들여 쓰는 글과 열락으로 짓는 글은 결과 맛이 다르다. 비록 아쉬움이 남는 미완이지만 내 안에 잠들어 있던 여린 상념들이 글자와 문장으로 형상화되어 나오면 그건 창조물이다. 나에게 글쓰기는 위대한 창조의 행위이며 행복을 빚는 작업이다.

여기에 실린 50여 편의 글들은 내 안의 상념들, 내 자화상, 내 분신들이다. 이것들이 세상 한복판으로 나들이할 수 있도록 나에게 힘과 용기를 북돋아준 남편과 자식들, 부족한 제자를 문학의 길로 이끌어주신 선생님, 서툰 내 필력에 성원과 자양을 아낌없이 베풀어주신 선생님께 이 기회를 빌려서 깊은 감사를 드리고 싶다. 감사합니다.

2019년 7월 햇살 고운 아침에
전덕순

| 차례 |

2부

초록으로 물든 하루

3부

삶의 여유

4부

거울 속의 내 모습

1부 | 어머니의 세월

"하루하루 늙어가는 어머니의 모습은 나를 슬프게 한다."

길

봄볕 화사한 들녘엔 소리 없는 아우성, 꽃망울 터트리는 봄맞이 퍼포먼스가 한창이다.

해마다 찾아오는 봄이지만 때로는 잡다한 일로 만개한 꽃들의 그 화려한 자태를 놓치기 일쑤다. 겨우내 움츠려 있던 풀과 나무에서 새싹들이 뾰족이 고개를 내미는가 싶더니 어느새 신록이다. 녹색 넝쿨 따라 장미꽃 흐드러지게 피고, 알몸이었던 느티나무도 새들이 보금자리를 틀 정도로 녹색 단장을 했다. 나도 갑자기 녹색터널로 들어가고 싶어진다. 자잘한 일들이 내 안을 어지럽힐 때면 찾아 나서는 곳. 바다나 들녘의 오솔길이다. 그곳에 들면 신통하리만치 내 마음의 상처가 아물곤 한다. 오늘은 자가용을 놔두고 버스정류장을 찾았다. 운전의 피로나 짜증 따위에서 벗어나려면 대중교통이 제격이다. 스치는 창밖 경치를 완상하는 재미도 있고, 느긋하게 상념에 빠져들 수도 있고, 정거장에 멈춰 설 때마다 이정표를 안내 해 주는 낭랑한 기계음도 기분 좋게 들린다.

분주한 일상을 뒤로하니 보이는 경치나 사람들도 내 행복의 도우미로 보인다. 오늘은 풀숲을 헤집으며 초행길로 들었다. 앞 다투어 피어난 봄꽃을 배경 삼아 사진을 찍는 신혼부부, 다정하게 손을 잡고 사랑놀이 즐기는 연인들, 길섶의 수국에선 나비들의 춤사위가 길손을 유혹한다. 내 눈은 벌써 황홀경에 취했는지 길눈이 까물거린다. 앞서간 사람들의 인적을 좇다보니 풀잎들이 궁궐의 신하처럼 양옆에 도열해서 나를 반긴다. 왕후라도 된 기분이다. 내 생각에 내 볼은 홍조를 그려내고. 꽃 향 짙은 봄바람은 홍조를 시샘함인지 연신 내 얼굴을 간질인다. 언덕 아래 야단스레 피어있는 오만상의 들꽃과 무언의 대화를 나누는 사이 앞서거니 뒤서거니 옆을 스쳐 지나던 사람들도 이 백화난만百花爛漫에 한두 마디 추임새를 빼놓지 않는다.

한참을 걷다보니 갈림길. 어느 쪽으로 갈까? 이 길을 택하면 저 길이 궁금해지고, 저 길을 택하며 이 길이…. 익숙지 않은 곳에서 길을 잃으면 어쩌나 하는 두려움도 생긴다. 우리 인생에서도 이런 선택의 기로가 얼마나 많은가. 운명이라고 쉽게 단정해 버리는 것들. 운명적인 선택과 운명적인 만남. 그런 것들이 모여 인생이 되는 것이다. 걱정이 병이라더니 진짜로 길을 잘못 들었다. 땀샘을 쥐어짜며 싸돌아다녀야 했다.

지금 내 자신도 내 안의 뭔가를 찾아 헤매고 있다. 며칠째 누구에게도 내보일 수 없는 속병을 앓고 있는 중이다. 오늘은 그것들의 기세를 꺾어버려야 하는데…. 그러려면 자연의 경치에 관심을 쏟으며 그것들을 무시하는 것이다. 냉정하게 잊어버리는 것. 인간관계에서도 무관심이 가혹한 형벌이라지 않은가. '제깟 것들이 얼마나 버틸지 두고 보자.'는 심사로 외면 모드에 들어가는 것. 그런데 내 안에 틀어박힌 사념邪念에서 한 발짝 물러서니 생각보다 쉽게 평온이 찾아든다. '그래, 이거야. 잡다한 사념들을 무시하고 단순 무지스레 사는 것.'

주위 풀숲 비경에 빠져 한참을 걷다보니 멀리서 들려오는 인기척. 샛길인 줄 알았더니 먼 길을 에둘러 걷고 있는 것이다. 내 삶의 길도 이처럼 잘못 들어서 가고 있는 건 아닌지. 그러나 어쩌랴. 오늘 내가 선택한 먼 길처럼 에둘러 가야 한다면 그럴 수밖에. 이런저런 비경을 덤으로 눈요기한 것처럼 내 삶의 도정에서도 예상치 못했던 행운을 얻을지도 모르는 일이다. 인생은 본디 각본이 없는 것. 그러니 우연과 필연이 뒤섞이고, 도전과 모험이

가능한 것이다. 인생의 행로가 정해져 있다면, 그건 도식적인 삶이 되고 말 것이다. 누구 말처럼 "재미없는 천국"이랄까. 그런 삶이 과연 행복의 빈 자루나 채워줄 수 있을지. 못난이가 있어야 잘난 이가 있고, 키 작은 사람이 있어야 키 큰 사람도 있는 것. 상대적인 차이에서 생겨나는 감정과 기분이 행과 불행의 시원始原인 것이다. 그리고 보면 불행도 행복을 위해 어쩔 수 없이 존재해야 할 필요악인 셈이다. 요단강 건너야 천국이듯, 불행을 거쳐야 행복에 닿을 수 있으니.

한참을 걷다보니 전망대 위다. 멀리 보이는 대로엔 크고 작은 차들이 시원스레 달린다. 어쩌면 나도 이 길을 내려가면 저 대열에 합류하여 어디론가 바쁘게 달려가리라. 그러려면 일과 휴식을 조화롭게 다스려야 한다. 오늘처럼 망중한을 즐기며 마음의 호사도 부리고, 몸의 이런저런 관절도 부리고. 내 심신이 날아갈 듯 가볍다. 그놈의 잡다한 사념들을 비우니. 솔 향이 바람에 실려 코끝에 와 닿는다. 나무들도 바람 따라 기지개를 켠다. 나도 팔다리를 벌려 힘차게 뻗어본다. 아직은 쓸 만한지 삐걱대진 않는다. 나는 지금 내 생의 몇 부 능선쯤에서 서성이고 있는 걸까. 온 길은 아득하기만 한데.

생의 문턱

가을은 그리움의 계절이다. 나는 가을이 짙어 가면 낙엽 길을 걷고 싶은 충동에 휩싸인다. 떨어진 나뭇잎들을 사각사각 밟으며 걷노라면 형언키 어려운 희열감에 빠져든다. 사람이 늙어 죽어가는 이유나 모습이 각기 다르듯이 단풍들이 물들어가는 과정이나 떨어지는 형태도 가지가지다. 어떤 것은 주어진 생을 잘살았다는 듯이 곱게 물들어 사위어 가고, 어떤 잎은 환경 탓이거나 영양 때문에 곱게 물들지 못하고 검게 퇴색되며 흉하게 시들어 간다. 그것들을 바라볼 때마다 내 생각도 달라진다. 멀리 떠난 사람에 대한 그리움을 떠올리기도 하고, 살아온 날들의 무상함을 보는 것 같은 허무함을 느끼기도 한다. 내 생도 곱게 물든 단풍잎처럼 아름답게 사위어갈 수 있을지….

핸드폰이 울린다. 요즘은 잘못한 일도 없는데 전화벨이 울릴 때마다 가슴이 두근거린다. 형님의 전화다. 시어머님이 상태가 위독하니 빨리 병원에 오라신다. 지난해까지만 해도 손수 밭농사 지으시며 자식들에게 푸성귀까지 챙겨주셨는데. 병원을 자주 드나들더니만 자리보전하고 누워 계신 채 해를 넘긴다. 얼마나 아프고 지겨우시면 이제는 사는 것도 귀찮으니 빨리 가고 싶단 소리 입에 다실까.

병원으로 이동하는 자동차 안에서 간혹 들리는 남편의 한숨소리와 수심의 눈빛은 나에게까지 아픔을 옮긴다. 가족들이 여럿 병실에 모였다. 기쁜 일로 만났으면 얼마나 좋을까. 어머님은 급하게 모여든 가족들을 알아보는 것 같으나 눈을 똑바로 뜨지 못하신다. 산소 호흡기에 의존한 호흡의 생리마저 놓으려는 모양이다. 가족들은 한숨뿐 속수무책이다. 호흡의 종지부는 생의 마감이다. 그동안 쫓기듯 살아온 날들도 함께 사라진다. 영원 속으로. 생은 참으로 부질없는 노정이다.

나는 어머님의 따뜻한 체온을 손으로 느끼면서 살아계실 때 잘 해드리지 못한 자책의 슬픔을 속으로 삭인다. 이 상황에서 삶과 죽음의 차이는 온과 냉일 뿐. 숨 쉴 때에는 몸이 따스하지만 몸에 냉기가 서리면 죽음에 이른다. 어머님의 체온이 식어간다. "어머님, 제 손 꼭 잡으세요." 애원했지만 별 반응이 없다. 삶과 죽음의 문턱에서 안간힘을 써 보지만 생명의 불꽃은 서서히 꺼져간다. 돌아올 수 없는 곳으로 끌려간다. 옆에서 산소 호흡기를 빼고 있는 의사와 간호사들이 저승사자들처럼 보인다.

'부모님이 계시면 마음이 부자이고, 없으면 가난하다.'는 말처럼 이 순간 내 마음도 냉기가 서리며 쪼그라든다. 어머님은 한평생을 흙과 얼려 사시며 육남매 자식을 건사하시느라 편한 날이 없으셨다. 여든여덟 늘그막에도 손수 청소 빨래하시며 숙식을 해결하셨다.

동네 마을회관에서 친구들과 어울려 노시면 좀 좋으련만…. 한평생 몸을 아끼지 않고 열심히 일만 하시다 이렇게 보내드리려니 가슴이 미어진다. 하루 종일 밭에 나가 일하시고 들어오시면 자신이 배곯은 건 생각지 않고 자식들 걱정에 다시 바지런을 떠시던 어머니. 금지옥엽 같은 자식들을 모두 출가시키고 남편마저 떠나보낸 텅 빈 집에서 얼마나 외롭고 쓸쓸했을까.

"어머님!" 하고 부르며 대문을 들어서면 마루에 앉아 푸성귀를 손질하시며 반갑게 맞아주시던 그 환한 미소를 더 이상 뵐 수가 없으니…. 가지 많은 나무 바람 잘 날 없다고, 마음고생 달고 사시던 어머니. 어려움이 있을 때도 "난 괜찮다."시며 쓸쓸한 미소만 보이셨던, 내리사랑에 절여 사신 한평생. 자식들에게 듣기 싫은 소릴 들어도 내색하지 않고 속으로만 삭이셨다. 언제나 자신보다 자식을 먼저 생각하고 배려하는 걸 몸소 실천하며 올곧은 모성의 본을 보여주셨던 생애였다.

동네 사람들이 자식농사 잘 지었다며 부러워할 때도 저들 스스로 열심히 살아 그런 것이라며 자신의 공을 내보이지 않으려 애쓰셨다. 마음이 울적할 때 시댁에 가면 반가이 맞아주실 것이란 생각에 위안이 되고 힘이 되었는데…. 어머님의 빈자리를 생각하면 내 안이 가난해진다. 힘들고 지칠 때 힘내라며 밝은 미소로 다독여 주시던 그 모습. 마지막 임종을 앞두고 "내 손을 잡아 주렴."하시던 그 목소리가 내 귀전에서 떠나지 않는다.

사람은 누구나 때가 되면 생의 문턱을 넘어서야 한다. 빈부귀천이나 나이 성별 가리지 않고. 그러니 축복 속에 태어나 자신의 열정을 쏟다 평온한 죽음을 맞이하는 건 우리 모두의 소망이다. 아무리 그렇다 해도 생의 이별은 애통이다. 어찌 보면 어머님의 일생은 자신이 희구하는 바와 크게 어긋남이 없는 평탄한 삶이었다. 여든여덟이라는 생의 이력도 서운치 않은 일생이다. 아름답게 사시다 조용히 눈을 감으신 아름다운 죽음이었다고 평가하고 싶다. 이승의 문턱을 넘어서는 찰나의 상황이 저승의 삶의 지표가 된다니 저승에서도 평온한 영생을 누릴 것이라 자위해 본다.

어쩌면 나 자신에 대한 이기적인 안도일지 모르지만 어쩌랴. 내 죽음도 삶마저도 내 한계 밖인 것을.

친구

갈바람이 낙엽들을 희롱한다. 생의 끝자락을 간신히 부여잡고 나뭇가지에 매달린 낙엽들이 가냘픈 몸부림이다. 그래도 내 거실 엔 평소에는 느낄 수 없는 평온이 흐른다.

우수수 떨어지는 낙엽들의 군무가 나를 사춘기 소녀로 되돌려 놓은 것이다. 진한 커피 잔엔 감미로운 음악이 감돌고. 그리운 사 연들을 펼쳐보기에 어울리는 분위기다. 가을은 진정 그리움이 아 닌가.

"너에게 난 해 질 녘 노을처럼 한 편의 아름다운 추억이 있 고…."

친구와 함께 자주 부르는 대중가요 '너에게 난, 나에게 넌'을 흥얼거려 본다. 이 노래를 듣고 있으면 내 가슴 속에 붙박여 있는 친구가 눈에 어린다. 아득히 멀게만 느껴지는 지난 시절의 정겨운 추억들도 함께 떠오르고.

바쁜 하루 일과가 내 삶을 힘들게 할 때면 어김없이 내 친구에게 전화를 한다.

"차 한 잔 하자." "좋아." 심플한 승낙이다.

나이가 들수록 세월의 흐름은 빠르다. 나름대로 열심히 살았다고 자부해 보지만 이루어 놓은 것도 별것 없다. 그래서 뭔가를 이루어 놓아야 한다는 조급증 같은 것이 가슴을 짓누르거나, 마음이 답답할 때면 이 도시를 벗어나고 싶은 충동이 인다. 그럴 때 친구와 함께 찾는 곳, 도심을 등진 호젓한 해수욕장이다. 인적 없는 해변에 좋아하는 친구도 곁에 있으니 바다는 안온한 휴식처가 된다. 저녁노을 붉게 드리운 바닷가를 둘이서 걷고 있노라면 낮에 쌓인 피로와 스트레스가 해조음에 말끔히 씻겨나간다. 이래서 친구와 이곳을 찾는 것이다. 언제 어디서나 내 마음을 의지할 수 있고, 내 푸념의 대상이 되어 줄 수 있는 친구는 때론 가족 이상이다.

내 친구는 말이 없는 조용한 성격이다. 그러면서도 곧잘 술을 즐긴다. 현실에서 벗어나려 안간힘을 쓰는 애처로운 모습을 보이기도 하고. 무엇이 그녀를 저토록 괴롭히는 것일까. 둘이 대화를 나눌 때면 항상 나 혼자서만 조잘거리는 편이다. 그러니 많은 대화를 나누는 것 같은데도 그녀의 심중은 오리무중이다.

지난여름 그녀는 직장의 부서를 옮겼다. 예전의 부서와는 달리 힘이 드는 모양이다. 그렇다고 나에게 힘들다는 소릴 하지 않으니 난 그녀와 헤어지고 나면 그의 처지를 까맣게 잊고 만다. 나도 내 생활이 있기에 어쩔 수 없다지만 그녀의 고민을 해결해 줄 수 없는 내 현실의 한계가 안타깝다.

사람들은 누구나 인연 따라 많은 사람들과 만나고 헤어지며 산다. 만나서 정들고 사랑도 나누고, 또 미워하기도 하고. 우연과 필연으로 만나고 헤어지는 사람들, 그런 사람들과의 관계 속에서 내 행복과 불행도 피고 지는 게 아닌가 싶다. 행복을 피워낼 사람만을 골라 만날 수만 있다면 내 생은 언제나 행복으로 충만할 것 같지만 그게 마음과 뜻대로 되는 일이 아님에 우리네 인생에는 희와 비가 병존한다.

나에게는 가족 이외에 내 심금을 풀어헤치고 기쁨과 슬픔을 나누어 가질 수 있는 친구가 있으니 얼마나 다행인가. 생이 끝나는 그날까지 소중한 우정으로 보듬어 안고 싶다. 꽃은 향기가 있어 벌 나비를 유혹한다지만 사람은 있는 그대로 진솔하게 자기를 내보일 때 오히려 인간미가 돋보인다. 친구와 나 사이도 가식 없는 서로의 진정성이 우리 둘을 끈끈하게 동여매고 있다는 생각이 든다. 난 내 친구가 있어 행복한데 내 친구도 나와 같은 심정일지…. 다음에 만나면 친구의 심중을 살며시 열어봐야겠다.

버스 안에서

    온몸의 수분을 쥐어짤 듯 내리쬐던 태양도 한풀 꺾였다. 이제는 아침저녁 선들선들 불어오는 바람이 정겹다. 오늘은 자가용을 놔두고 오랜만에 버스정류장을 찾았다. 어머님 간병을 위해 며칠째 오가는 중이다. 늘어나는 차량들 때문에 도로가 정체되는 게 짜증을 넘어 참기 힘든 수준이다. 집에서 정류장, 다시 정류장에서 목적지까지 오가는 불편을 감수하면서도 버스를 탔다.

    느릿느릿 달리는 버스 안에서 남의 삶의 푸념도 엿듣고, 상상과 사색 속으로 빠져보는 것도 괜찮다. 차창으로 스쳐 지나는 삶의 풍경을 보고 있노라니 여행하는 기분이 든다. 익숙지 않은 볼

거리들은 다시 와 볼 심산으로 마음에 찜해 둔다.

뒷좌석에서 여학생 서너 명의 재잘거리며 웃는 모습이 초가을 햇살처럼 싱그럽다. 나도 저런 때가 있었는데…. 이어폰을 꽂아 노래를 듣는 학생, 게임에 넋 나간 학생. 학생들 자리는 그들의 존재만으로도 생동감으로 활력이 넘친다. 아직은 일이나 공부도 놀이처럼 즐겨야 하는 나이다. 젊음은 역시 좋은 것. 노인 앞에서도 아무렇지도 않은 듯 핸드폰에 집중한다. 라디오에서 흘러나오는 노래에 맞춰 몸을 비틀고, 다리를 꼬기도 하고. 아마도 내릴 때까지 흥을 돋우며 저러리라. 나도 저 아이들처럼 아무 곳에서나 흥을 돋우며 신명나게 살 수는 없을까?

젊은 날을 떠오르게 하는 노래가 흘러나온다. "오 사랑하는 친구 즐거웠던 날들/ 꽃 피고 지는 학원 꿈같이 지냈네….'/ 해맑았던 옛 모습을 상상하며 속으로 흥얼거려 본다. 아이들처럼 몸도 비틀고 다리도 비비 꼬고 싶었지만 안 된다. 도저히 안 되는 것이다. 아! 이게 늙음이구나. 몸은 멀쩡한데 마음이 늙어버린 것이다.

버스 불빛에 앳된 여고생이 비친다. 초미니 교복 치마에 진하게 화장까지 했다. 내 옆에 앉은 아주머니가 한마디한다. "교복을 입었으니 학생이지, 그렇지 않으면 아가씨 줄 알겠네." 혀까지 끌끌 찬다. 학생은 못 들은 척 창밖만 바라본다.

손 대면 베일 듯 날 선 칼라가 목에 닿는 산뜻함은 지금도 잊히지 않는다. 졸업할 때까지 입으라고 정강이 훌쩍 아래로 넘긴 플레어스커트는 허리에서 빙빙 돌아 금방이라도 내려갈 것 같아 불안하기 이를 데 없었는데….

요즘 교복은 학생들의 체형에 꼭 달라붙는다. 남학생들은 스키니진처럼 몸에 완전히 밀착된 교복을 입는다. 여학생들은 성인의 미니스커트를 넘본다. 선생님이 교문에서 지도할 때만 교복을 입었다가 하교할 때는 다른 의복으로 바꾸어 입는다니 기가 차서 말문이 막힌다. '조금 더 짧게, 조금 더 달라붙게.' 이 시대의 학생 교복의 트렌드다. 교복을 단정하게 입으라는 선생님과 개성 있게 입으려는 학생들 사이의 신경전이 치열할 수밖에 없다. 내 학창 시절의 엄격했던 학교 규율과 어려웠던 경제 사정을 떠올리며 격세감을 느낀다. 생각이 시대의 변화를 따라가지 못하는 건 아닌지.

친구의 전화다. 나의 안부를 묻는다. 시간 있으면 커피 한잔하자는 '번개' 모임 제안이다. 갑작스런 제안에 난감했다. 어머님이 병원에 입원해 계셔서 안 되겠다고 사정 이야기를 하고 다음에 만나자고 양해를 구했다.

이제 살림살이에도 이력이 붙을 나이가 되었으니 옛 친구들이 그리워지는 모양이다. 눈과 입엔 잔주름과 팔자주름을 새기며 살고 있을 친구들. 지금은 사방에 흩어져 가끔 소식만 주고받지만 이를 왕년엔 의사, 간호사, 선생님을 꿈꾸던 젊음이었다. 순생, 양순, 화순, 영희…. 눈앞에 어른거린다. 학창시절 친구들이다.

버스 손잡이에 오래 매달렸더니 다리가 저려온다. 때마침 빈자리가 생겨 옳다구나, 엉덩이를 붙였다. 그렇게 편할 수가 없다. 버스를 타기 전에는 끝까지 서서 갈 마음이었는데. 이젠 팔다리 기운도 예전 같지 않다. 다음 정거장에서 짐바구니를 든 할머니가 올라탄다. 나를 향해 시선을 보내는 것만 같아 얼른 일어나 자리를 양보했다. 다시 손잡이에 몸을 매달고 희뿌연 차창을 도화지 삼아 친구들의 얼굴을 그렸다 지웠다 하노라니 내릴 정거장에 도착했다. 병원을 향해 발걸음을 옮겼다. 이번엔 걷는 게 차를 탔을 때보다 편하다. 차가 없어 이렇게 두 다리로 걸으며 살았던 우리 조상들. 마냥 불편하고 고생스럽기만 한 것은 아니라는 생각이 든다. 살다보면 앞날의 교통은 어떤 모습으로 진화해 갈지. 편리함보다는 팔다리의 퇴화가 더 걱정이 된다. 버스를 탔으니 걷기도 하고, 이런저런 삶도 마주해 보고, 학창시절을 생각하며 친구들 얼굴도 눈앞에 불러내 보고. 자가용을 없애버릴까 보다.

어머니의 세월

달력의 숫자만 바뀌었을 뿐인데, 집안으로 살며시 들어앉은 가을. 초가을햇살이 나도 몰래 거실에 들어 자리를 깔았다. 은은한 클래식 선율이 방안을 감돌며 내 감성을 어루만진다. 음악 소리는 삶의 여유에 철 지난 향수를 불러 앉힌다.

난 철모를 나이 이십에 결혼했다. 철부지처럼 '사랑' 하나 믿고 친정 부모님의 염려나 걱정은 아랑곳없다는 듯 후딱 저지른 가약이었다. 앳된 아가씨가 어느덧 반백의 아줌마가 되어버렸다. 그간 내세울 만하게 이뤄놓은 것도 없이 세월만 흘려보낸 듯하다. 그렇다고 큰 기대를 걸 만한 미래도 보이지 않는, 지극히 평범한 일상들이 자칫 권태의 늪으로 빠져들지도 모를 그런 지점에 와 있다. 한 집안의 며느리로, 아내이자 엄마라는 삼중 역할을 몫으로 짊어지고 버텨온 세월. 어느 것 하나 소홀히 할 수 없는 막중한 자리였다. 나로 인해 시댁의 화목이 깨어지지 않을까, 조바심으로 살아온 세월이기도 하다. 점점 헐거워져야 할 내 자리는 오히려 세월의 더께만큼 짓눌려오고, 날이 갈수록 책임과 역할은 무겁기만 하다.

얼마 전, 친정어머니께서 병원에 입원하셨다. 나이가 들면 아픈 게 당연하니 걱정하지 말란다. 그저 괜찮다고 손사래만 치신다. 자식들이 걱정할까봐 아픈 와중에도 아무렇지도 않다는 듯 채마밭 걱정을 하신다. 어머니의 그 심정을 어찌 모르랴. 나에게도 어머니로 살아온 어엿한 세월이 배어 있는데. 아버지께서 만류해도 "여긴, 내 삶의 의미를 그려내는 일터요, 놀이터"라며 고집을 꺾지 않으신다.

'어머니'는 거룩한 이름이다. '어머니'란 이름이 늘 내 심중에 들어있기에 내 삶의 과정도 어설프지만 그냥저냥 지나가는 것이다. 자식 걱정에 밤잠 잊는 것쯤은 다반사다. 당신의 건강은 뒷전이시고, 손자 돌봄에 영일이 없는 삶이다. 연락도 없이 찾아가는 날이면 더 반갑게 맞아주신다. 뭐든지 딸 손에 푸짐하게 들려 보내야 직성이 풀리시는 어머니. 그 품속은 언제나 넉넉하고 포근한 내 마음의 둥지다. 그 너른 채마밭을 일구시는 어머니의 거칠고 부지런한 삶. 나로선 감히 흉내 낼 수 없는 경지다 그 채마밭엔 언제나 자양분이 넘쳐흐르고. 결 고운 때깔을 뽐내며 나를 기다리는 감자, 고구마, 상추를 비롯한 온갖 토속 채소들이 즐비하다. 집안도 어디나 가지런하게 정리하고 정갈하게 다듬어 놓는다. 자연과 벗해 사셔서 그런지 기억력도 나이를 잊은 듯 또렷하시다. 손맛 또한 일품이다. 어머니를 흉내 내서 요리를 해봐도 그 맛을 구현해 내기가 쉽지 않다. 자연을 닮은 담백한 맛은 이론이나 조미료로 재현해 낼 수 있는 게 아니란 걸 깨닫게 된다. 이런 어머니의 삶의 지혜는 자연에서 터득해 오랜 세월 숙성시킨, 섣불리 흉내 낼 수 없는 경지다. 어머니께서는 "완벽하려 애쓰지 마라. 조금은 부족한 게 좋은 거야." 하시면서 내 부족함에 은근히 용기를 주신다. 이제 내 나이 지천명에 들어서야 어머니의 삶에 깃든 지혜의 파편들이나마 어렴풋이 보인다. 완벽한 사람은 왠지 '가까이 하기엔 너무 먼, 당신' 같은 거부감이 생긴다는 것. 상대를 부드럽게 품어 안을 수 있는 건 외모나 겉치장이 아니라 내면의 너그러움이란 것을. 나 또한 내면을 가꾸는 게 우선이라는 걸 의식하면서도 행동은 외양 치레다. 어머니는 다가가기엔 너무 먼, 그저 내 동경의 대상인지도 모른다.

하루하루 늙어가는 어머니의 모습은 나를 슬프게 한다. 내 어릴 적, 어머니의 눈물을 훔쳐보았다. 바다 건너 시집오셔서 그리운 당신의 부모형제들 생각에 몰래 짓던 눈물을. 가까이서 따스한 정 주고받으며 살갑게 지내지 못하는 서러움. 이산가족의 아픔 같은. 이제는 보고 싶어도, 만나고 싶어도 생각 너머 다가갈 수 없는 처지가 돼버렸다. 진즉 어머니의 마음을 헤아리지 못한 불효에 마음이 쓰리다. 늙음도 서러운데 거기에 이별의 아픔까지 짊어졌으니, 노구임에도 애써 채마밭 건사에 매달리신다. 시름을 파종하여 위안의 결실을 얻으려는 심사임을 이제야 헤아리게 된다.

어느 작가의 표제처럼 이젠 '당신만을 위한 삶'이 되도록 지근에서 도와드려야 할 텐데.

채마밭은 어머니의 손길 따라 윤택해지는데, 어머니의 그 고운 홍안의 세월은 어디에서 찾는단 말인가.

아이들 웃음소리

"엄마, 행복할 때가 언제야?

"글쎄, 언젤까? 지금 이 순간도 행복하다면 행복한 순간인데."

하지만 '지금도 행복해.'라는 말이 얼른 나오지 않는다. 행복을 너무 거창한 것으로 설정하고 사는지도 모르겠다. 몸과 마음이 불편하지 않은 소소한 일상이면 행복인데.

때마침 아이들이 재잘거리는 소리가 들린다. 어린이집에서 아이들을 데리고 현장학습을 나온 모양이다. 봄나들이다. 병아리들이 줄지어 어미닭 꽁무니를 졸졸 따라다니는 모습이다. 어릴 적 내 아이들을 보는 것 같아 웃음이 나온다.

"여기는 차를 깨끗하게 해주는 세차장이고요." "이곳은 밥을 맛있게 해 주는 식당이에요." "그럼, 이곳은 뭐하는 곳일까요?" "저요! 저요! 저요!…." 이때 갑자기 차의 경적 소리가 들린다. "앞에서 차가 오면 옆으로 비켜서야죠." 아이들은 선생님의 설명에도 제 기분대로 웃고 까불고·야단이다.

저때가 좋은 때다. 나이가 들어도 동심만 잃지 않으면 행복이 따라다닌다지 않는가. 저만 할 때는 지난일을 끄집어내어 옳거니 그르거니 따지지도 않고, 오지 않은 내일 일을 미리 끌어다가 노심초사 걱정하지도 않는다. 그저 지금, 이 순간만을 즐기며 산다. 그러니 해맑은 모습일 수밖에.

이제야 생각난 듯 딸의 질문에 답을 했다.

"지나가는 아이들의 웃음소릴 듣는 것도 행복이고, 파릇파릇 돋는 새싹들이 꽃을 피우는 것을 보는 것도 행복이지. 그보다 더 행복을 느낄 수 있는 건 아이들이 자라는 모습을 곁에서 지켜보는 것 아닐까?"

딸은 손뼉을 치며 공감한다. '저는 애를 낳아 키워보지도 못했으면서….' 다소 의외다. 이유를 물어보려는 찰나에 차임벨이 울린다.

큰형님이 잠깐 내 얼굴이라도 보고 가려고 조카를 데리고 집에 왔다. 엄마 옆에 서있는 조카가 언짢은 표정을 짓더니 나이에 어울리지 않는 심각한 말을 한다.

"엄마, 나 지금 마음이 아파요." 애어른이라더니 기가 차다.

"왜? 장난감을 사주지 않아서?" 엄마가 이유를 물어도 조카는 말이 없다. 엄마 옆에서 자기의 감정을 온몸으로 표현하려 애쓴다. 형님은 장난감을 사주지 못한 게 마음에 걸리는지 조카를 어르며 안아준다.

얼마 전, 어머님이 병환으로 입원해서 병원에 갔을 때였다. 엘리베이터 문이 열리자, 엄마와 아기들이 웅성거린다. 소아과 병동을 잘못 온 줄 알고 간호사에게 물었더니 바로 찾아왔다며, 병실이 부족해서 임시 소아과 병동에 입원을 했다는 것이다.

칭얼대는 아이를 등에 업고 달래는 엄마, 핸드폰으로 노래를 들려주는 엄마, 어설픈 발음으로 목청 높이 따라 부르는 아이들…. 엄마들은 하나같이 아이 달래느라 진땀을 흘린다. 어릴 적 내 아이 모습들이 떠오른다. '우리 아이도 쟤들처럼 막무가내였나?'

병실 옆 침대에서는 젊은 엄마가 아기에게 젖을 먹인다. 젖을 빨고 있는 아기는 한 손으론 엄마의 손가락을 잡고 다른 손으로 엄마의 젖꼭지를 장난감처럼 조물조물 만진다. 평온하고 평화롭다. 아이는 천사라더니. 바라보는 내 마음까지 행복으로 채워준다.

요즘은 아이들의 웃음소릴 듣는 게 신기할 정도다. 삶에 여유가 있어야 애를 낳고 키울 텐데, 그럴 형편이 되지 않아서 아이를 낳지 않는다는 부부들이 태반이다. 하긴 요즘 애 하나 낳아 키우기가 여간 힘든 게 아니다. 애가 생기면 맞벌이 살림에 육아 문제가 발등에 불이다. 뒤이어 맞닥뜨릴 보육이나 교육도 어느 하나 만만한 게 없다. 그러니 무자식 상팔자란 말에 솔깃할 수밖에 없는 세태다.

아이들이 자라는 환경은 또 어떤가. 제대로 뛰어놀 시간도, 공간도, 친구도 없다. 어릴 적부터 살기 다툼이다. 말도 배우기 전에 숫자 카드나 알파벳 모형으로 재미도 없는 놀이를 강요당하고, 걸음마가 시작되면 좋은 보육시설이나 학원을 찾아 전쟁 아닌 전쟁을 치른다. 그런다고 둔재가 천재가 되는 것도 아니다. 자본주의 상술과 어른들의 극성에 저들의 삶뿐 아니라 동심까지 멍들어간다.

봄나들일 마치고 지나가는 아이들이 노랫소리가 내 동심을 자극한다. "나리 나리 개나리/ 입에 따다 물고요/ 병아리 떼 종종종/ 봄나들이 갑니다."

나도 초롱초롱한 눈망울을 지닌 아이이고 싶다. 제 기분대로 엉뚱한 질문도 하고, 응석도 부리는. 저 애들처럼 천진난만함은 아니어도 얼굴에 붉은 홍조를 그리며 매사에 부끄럼타는 사춘기 소녀였으면…. 세월에 무뎌버린 감성을 예민하게 벼려주는 그런 병원은 어디 없나?

그리움

이제는 사계의 구분이 흐려진다. 봄과 가을은 사라지고 여름과 겨울이 그 자리를 차지한 듯하다. 바람이 살랑대며 따사로운 햇살이 내 마음을 설레게 하던 봄이 엊그제 같은데 온통 여름의 열기다. 더위를 넘어 찜통. 논밭이 메말라 거북이 등처럼 갈라지고 풀과 나무들이 생기를 잃어가고 있다. 뜨거운 땡볕에도 아랑곳없다는 듯 능소화만 요염하게 제 자태를 뽐낸다. 지아비를 그리는 애틋한 심정으로 높이 기어오르며 꽃을 피운다는 덩굴성 꽃나무다. 귀엽다고 함부로 만지다간 꽃가루에 섞여 있는 갈고리 같은 게 눈에 들어 위험하기도 하다니 예사로운 꽃은 아니다. 장미는 가시로 제 아름다움을 함부로 희롱하지 못하게 하는데. 그러고 보면 아름다움엔 제각기 어떤 방어 기제를 품고 있나 보다. 아무렴, 어떠랴. 아무리 고운 자태도 찰나인걸. 피는가 싶더니 벌써 낙화되어 밟히는 꽃송이들이 가련하다.

여기저기서 부고장이 날아온다. 꽃같이 아름다운 인생도, 가까운 이들도 하나 둘 이별을 고한다. 더위를 이기지 못하고 지는 꽃처럼 가는 이들이 애처롭다.

한적한 곳에 자리한 사찰에서 목탁 소리를 내보낸다. 고요한 이른 새벽, 싱그러운 풀냄새도 그 소리에 실려 사찰 안을 맴돌고. 풀잎에는 밤새 영근 이슬방울들이 눈망울처럼 초롱초롱 빛난다. 잠시 나무그늘에 앉아 머리 위에서 재롱떠는 산새들의 맑고 고운 소리에 귀 기울여 본다.

정신을 곧추세우고 두 손을 모아 합장을 한다. 목탁 소리 울리는 도량을 향해서가 아니라 나를 이곳으로 이끈 그 어떤 힘에 대해. 마음이 엄숙해지고, 고개가 숙여진다. 내가 왜 이곳에 섰는지 정신이 혼미해진다. 잠시 후면 사십구재 예불을 올려야 된다는 생각에 애써 정신을 가다듬으려 눈을 감아본다. 이런 상황을 무아지경이라 해야 할지. 한참을 서 있노라니 싱그러운 나뭇잎들의 미성이 감지되고, 바람에 흩날리는 꽃냄새도 코끝을 간질인다. 내 오감이 이상 없음에 시름을 놓는다.

극락사 앞뜰을 산책하며 사념에 잠긴다. 세월은 나이의 속도로 달린다고 했던가, 언제부터인가 자꾸 내 삶의 뒤안을 돌아보게 된다. 지금은 고달픈 세상사에 대한 이런저런 고뇌의 끈을 풀어 놓고 싶다. 종교에 심취해 본 적도 없지만 속세를 벗어난 성스런 곳이니 내 정신 줄도 쉽게 긴장의 끈을 놓아준다.

오늘은 하루 종일 시아버님에 대한 그리움으로 눈시울이 마르지 않는다. 인간이 품어 안았던 희로애락들. 죽음 앞에선 한낱 산 자의 희미한 기억일 뿐. 그 기억마저도 세월이 흐르면 흔적 없이 지워지고 말 것이니….

아버님의 노년은 술에 의지해 사셨다. 무슨 말 못할 한을 품었기에 맑은 정신을 이겨내지 못하시고 술을 끼고 사셨는지…. 술은 노화를 촉진하고 신체 기능을 급속히 악화시켰다. 요양원과 병원을 오가며 힘겨운 삶을 살아야 했다. 임종을 앞두고는 물 한 모금도 주면 안 된다는 의사의 지시. 뭔가를 원하시는 애절한 눈빛과 손짓마저 외면해야만 했던 내 마음 또한 찢기듯 쓰렸다. 내가 할 수 있는 일이라곤 메마른 대지 위에 물방울 몇 떨어뜨리듯 하얀 손수건에 물을 적셔 입술에 대주는 것. 며칠 밤낮을 뜬눈으로 정성을 다했건만….

죽음은 찰나다. 한평생 쉬지 않고 들고 나던 숨길이 막히니 종명이다. 힘겹게 버티던 생명 줄이 그 장력을 잃으니 홀가분한 자연 상태가 된다. 자는 모습이 평화롭다. 자신이 셈해 놓은 시간의 덫에 갇혀 허우적대다 결국 그 덫에 생명을 내려놓아야 하는 게 인간의 운명이니 어쩌겠는가. 죽음으로써 생의 이력은 통째로 허공에 흩뿌려진다. 영혼의 존재 여부를 떠나 죽음은 소멸일 뿐이다. 생성은 곧 소멸을 향한 과정이라는 것, 피할 수 없는 자연의 법칙이다. 죽음으로써 이승과의 모든 연도 단절이다. 살아있는 자로선 감내키 어려운 허망이다. 그 허망을 다소나마 위로받으려고 산자들이 치르는 이런저런 의식들. 엄숙하고 경건한. 언젠가는 나도 망자가 되어야 하니 저마다 자신을 위로함일지도.

사십구재를 치를 때마다 내 눈길이 머무는 아버님의 영정. "얘야!" 손짓하며 나를 부를 것만 같아 가슴이 미어진다. 부를 수도, 대답할 수도 없음에 죽은 자와 산 자는 영원한 이별임을 다시 한 번 실감한다.

이제는 그리워도, 보고 싶어도 아련한 추억일뿐, 돌아올 수 없는 곳에 홀로 남겨두고 왔다는 슬픔에 한동안 밤잠을 잊었다.

아버님, 저승에서는 이승의 회한들을 훌훌 털어버리고 부디 평안하소서.

효도의 꼬투리

온 세상이 하얗다. 풀과 꽃들이 모두 동면에 빠진 대지에 눈꽃
이 그려놓은 일요일 아침 풍경이다. 순백의 청량감이 좋고, 일요
일이어서 더 좋다.

일요일은 달력에는 일주일의 첫날이지만 내 생활력生活曆에는
맨 끝날이다. 일주일을 마무리하고, 다음 주를 대비하는 날. 일
주일 동안의 피로를 풀고 새 에너지로 충전하는 시간이다. 나에
게 주어진 휴일의 시간은 경우에 따라 들쭉날쭉하지만 가사와 직
장의 일들을 잠시 접고 취미활동이나 독서에 빠져볼 수 있는, 내
삶의 자양분을 생산하는 소중한 기회다. 때로는 가사나 직장 일

에 치여 취미나 독서활동을 생략해야 할 때도 있다. 그럴 경우 내 삶의 리듬은 미로처럼 헝클어져 갈피를 잡지 못한다. 이 나이에도 휴일의 나긋함에 기대야 한다. 아직도 내 정신연령은 지천명의 문턱을 넘지 못한 모양이다. 일을 끝내어도 무언가에 매인 것처럼 끈적거리는 기분. 화끈하게 맺고 끊지 못하는 심약함 때문은 아닌지 스스로를 자책하기도 한다. 그러다가도 산행이라도 하고 나면 언제 그랬냐는 듯이 거짓말처럼 개운해지고, 새 일상을 마주하게 된다.

이번 일요 휴무에는 겨울 산행에 나섰다. 백설이 애애한 숲길, 그 순수의 자연 기운에 흠뻑 빠져보고 싶은 충동이 일어서다.

나는 몸의 건강보다는 마음의 치유를 위하여 숲을 찾곤 한다. 숲은 육체적인 건강뿐 아니라 갈등이나 집착에서 오는 마음의 스트레스를 치유해 준다.

겨울 산의 숲길은 화사하다. 잎을 떨어뜨린 나목들 사이로 내리쏘는 햇살 덕이다. 낯선 이들도 숲속에 들면 겨울 햇살 닮은 화사한 얼굴로 서로를 반긴다. 인사도 나누고 사진도 찍어주고, 자연의 순수에 동화된다. 이런 심상들이 일상으로 이어지길 바라보지만 그건 이상일 뿐. 우리의 일상은 살얼음판이다. 마음속이 욕심으로 채워져 여유의 여백을 허락지 않는다.

한참을 오르니 숨도 차고 목도 마르다. 배낭 속의 물병을 꺼내어 물 한 모금 마시니 몸안의 오장이 결기를 곧추세운다. 걸음을 재촉하라는 신호다.

얼마나 걸었을까. 노랫소리가 들린다. 나도 모르게 걸음이 빨라진다. 금세 귀에 익은 전통가요 소리와 조우하게 된다. 조용한 숲길에 노랫소리 흘리며 지나는 이는 백발이 성성한 노신사다. 흰머리 흩날리며 노래에 맞춰 산행을 즐기는 모습이 설경과 어울린다. 조그만 카세트를 목걸이처럼 걸고서. 친정아버지를 보는 것 같아 적이 놀랐다.

오래전에 친정아버지와 함께 산을 오른 적이 있다. 칠순을 넘긴 연세임에도 젊은 우리 부부보다도 앞장 서 걸으시며, 미소를 잃지 않던 모습이 눈앞에 아른거린다. 지금은 인근 사라봉에 오르시거나 동네 분들과 함께 게이트볼을 즐기시는 모양이다.

일요일 오후가 되면 오늘도 산에 갔다 왔냐며 전화로 넌지시 물으시곤 한다.

"산에 가시고 싶으세요?"

"아니다. 너희들이랑 갔었던 생각이 나서…."

"그러셔요?"

"그래. 내 나이가 되면 뒤를 돌아보며 사는 것도 괜찮아."

바쁘게 사는 딸을 배려함은 아닌지…. 난 부모님을 생각할 겨를도 없이 바쁜 척 앞만 보며 살아가는데.

며칠 후, 밑반찬 만들어 놨으니 가지러 오라는 전화에 친정을 찾았다.

현관문을 들어서자 나를 반갑게 맞으며 대뜸 산에 가고 싶다는 아버지. 엊그제 TV 다큐멘터리, 〈산행〉을 보니 한 번 더 가보고 싶은 생각이 든다는 것이다.

"산에 오를 수 있겠어요?"

"운동 삼아 천천히 오르면 되지 뭐, 산행이 별거냐? 가다 힘들면 다시 내려오면 되고."

말씀하시는 동안 얼굴에 생기가 넘쳐난다.

지금까지 휴일이면 먼 산만 바라보시며 함께 가지는 전화 연락만을 손꼽아 기다렸을 생각을 하니 마음이 아려온다. 아버지 마음 일찍 헤아렸어야 했는데…. 가까이 사시는 부모님께 안부인사도 생략하며 산 게 아닌가. 머잖아 아지랑이 피어오르고, 들꽃 흐드러지게 피는 봄이 오면 꽃향기 맡으며 아버지와 함께 낮은 오름에라도 다녀오리라 작정했다.

조그만 효도의 꼬투리를 찾은 것 같아 마음의 응어리도 풀린다. 기분도 맑아진다. 작은 일에도 쉽게 조급해지는 내 성미에 여유가 들었음인지 평안이 자리한다. 가끔은 '뒤를 돌아볼 수 있는 여유'를 가지라던 아버지의 말씀. 아버지의 삶의 연륜에서 나온 지혜의 말씀이기에 내 안에 새롭게 각인된다. 어쩌면 세월이 흘러 내 나이가 지금의 부모님쯤 됐을 때 내 자식들에게도 같은 얘기를 늘어놓을지 모른다는 생각에 절로 웃음이 나온다.

남편의 빈자리

"잘 다녀와."

"그래, 모르는 일 있으면 전화하고. 올 수는 없지만 전화는 받을 수 있으니까." 불안한 얼굴로 나를 바라보다 발걸음을 옮긴다.

'혼자서 해낼 수 있을까.' 걱정이 앞선다. 남편이 없는 가게를 운영해 본 적이 없다. 옆에서 잔심부름만 하던 나였으니. 하지만 남편 앞에서는 애써 밝은 표정을 지을 수밖에.

남편은 그동안 일 속에 파묻혀 살았다. 아직은 젊고 건강하다는 자만으로 가게의 온갖 일들을 홀로 짊어지고 살아왔다. 그 뒷전에서 나는 안온하게 내 삶을 즐겼다고나 해야 할지…. 그러다

병원을 찾는 일이 잦아졌다. 병원을 찾을 때면 남편은 혼자서 일 처리해야 할 나를 걱정하고, 나는 불안에 떨어야 한다.

이번은 보다 위급한 상황인 듯싶어 다급히 응급실을 찾았다. 응급실에 오기 전까지만 해도 농담을 섞어가며 이런저런 대화를 나누었는데, 지금은 진찰도 치료도 속 시원하게 받지 못하고 응급실 좁은 침대에서 고통을 참고 있다. 병약한 남자로 변해 있는 초췌한 모습이 안쓰럽다 못해 측은하다. 온몸은 부어있고 머리 결은 부스스하다. 죽음을 앞둔 병자의 몰골이다.

식은땀이 흐르고, 복통은 멈추지 않는다. 고통을 조금이라도 나누어 받고 싶어 그의 손을 꼭 잡았다. 그래도 줄지 않는 통증은 남편의 이맛살을 험상궂게 일그러뜨린다. 아무리 고통을 호소하고 애원해 봐도 해당 검사를 받고 입원판정을 받아야 입원이 되니 기다려야 한다. 입원 후에는 적절한 주사와 약물치료로 한결 편안해진다.

여러 해 전, 벚꽃이 유난히 하얗게 핀 사월이었다. 그때도 갑작스레 몸에 이상이 생겨 하던 일을 멈추고 가까운 한의원을 찾았다. 큰 병원으로 가라는 의사의 얘기를 듣고 남편 혼자 다른 병원으로 갔다. 한참을 기다려도 남편은 돌아오질 않는다. 초조한 마음에 전화를 걸었더니 검사 중이라며 전화를 끊어버린다. 두어 시간 후 돌아온 남편의 얼굴은 백지장이다. 뇌경색이라며 입원을 해야 되겠다는 의사의 말은 아랑곳하지 않고 남은 일을 마저 마치겠다며 집으로 와버린 것이다. 새벽녘, 몸에 이상 신호가 오는지 다시 병원으로 가야겠다며 집을 나선다. 마침 휴일이라 의사 선생님은 자리에 없고 인턴들과 간호사들만 환자들을 받고 있었다. 갑자기 손가락과 팔에 마비 증상이 온다. 얼굴 한쪽의 신경도 이상 징후가 나타난다. 남편의 말소리는 어눌하여 시원스레 들을 수가 없다. 내 가슴이 먼저 터질 것 같다. 콩닥콩닥 내 심장은 요동을 친다. 인턴과 간호사들은 내 마음과는 딴판으로 얄미우리만치 태연하게 병증에 대처한다. 뒤늦게 이런저런 검사를 끝내자 뇌경색이란 진단을 내린다. 빨리 발견해서 다행이라며 입원해서 치료를 받으란다. 그제야 내 심장의 고동도 고요 모드로 잦아든다.

입원 후 열흘이 지나자 약물치료만 해도 되겠으니 퇴원하라는 것이다. 남편 얼굴에도 화색이 돈다. 병원에 입원하면서 말수가 적어진 남편이 뒤늦게 혼잣말처럼 입을 연다. "내가 아는 뇌경색 환자는 먼저 갔는데…." 안도의 한숨을 길게 토해낸다.

그때의 남편의 마음은 어떠했을까. 뇌경색이라는 말에 죽음을 떠올렸을 것이다. 가족의 얼굴을 그려보며 생의 마감을 상상했을지도 모른다. 공포의 롤러코스터를 얼마나 탔을까.

남편은 하루 종일 서서 일한다. 그러다 밖으로 나갈 일이 생기면 가까운 곳마저 자동차를 이용한다. 운동을 회피하는 건지 싫어하는 건지. 휴일에 가끔 산에 오르는 것 말고는 앉고 서는 일에 묻혀 살아온 날들이다. 그런 몸이니 녹슬고 고장이 날 수밖에. 일보다는 건강을 먼저 챙기며 살았으면 싶은데. 건강은 스스로 지켜나가야 할, 제 생명 줄이 아닌가.

남편이 입원 중, 가게에 오는 손님들은 남편을 찾는다. 옷을 맡기거나 찾아가는 손님들은 나를 미덥지 않게 생각한다. 한편으로는 미안하면서도 서운한 감정도 인다. 내 딴엔 지극정성을 다하고 있으니.

가게와 병원을 오가며 정신없는 날들을 뒤로하다 보면 남편이 퇴원 날도 다가온다. 보름만 지나도 몇 년이 흐른 것처럼 아득해 뵌다. 가게 일이 힘들었다고 하면 사랑스런 손길로 내 어깨를 토닥여 준다. 남편의 건강한 예전 모습을 보는 것만으로도 그동안 힘들었던 기억들이 눈 녹듯이 지워진다.

남편의 빈자리는 너무 크다. 헤아려 본 적 없는 남편의 소중함을 절실하게 깨닫는 기회가 되었다. 건강을 잃고 나서야 건강의 소중함을 알듯 남편을 잃을 뻔하고 나서야 남편의 소중함을 알게 된다. 늘 그 자리에 변함없이 지켜선 남편이기에 그 존재의 가치를 잊고 산다. 언제 어디서나 호흡할 수 있는 공기의 고마움을 모르고 사는 것처럼.

동서 사이

봄이 오니 동네방네가 자연 화원이다. 그 덕에 내 마음에도 절로 꽃물이 들여진다. 창가의 화초들도 봄 햇살 따라 해바라기하고. 강아지도 따스한 곳을 찾아 누울 자리를 고른다. 이런 봄날엔 그리운 친구라도 만나 차 한 잔 나누고 싶어진다. 만나면 헤어지는 게 아쉽고, 헤어지면 다시 만나고 싶은, 그런 친구와 함께.

나에겐 동갑내기 손아랫동서가 있다. 동서와 친구라는 1인 2역의 배역을 연출해야 하는.

"저녁시간 비워두세요. 오랜만에 형님 집에서 차 한잔하게."

"그렇잖아도 생각하고 있었어."

"형님, 우리는 동서가 아닌 친구로 만났으면 더 좋았을 텐데….."

"글쎄, 우리가 동서 사이로 만났기에 친구처럼 가까이할 수 있는 건 아닐까?"

한 집안에 시집와서 맺은 인연, 동서지간. 피를 나눈 자매는 아니지만 그에 못지않은 관계다. 형님 동생도 되고, 친구도 되는 그런 막역한 사이.

대부분 동서지간이라고 하면 경쟁 관계로 여겨져서 친밀감보다는 견제하고 시샘하는, 그런 선입견이 든다고들 한다. 우리 사이는 그런 선입견과는 거리가 멀다.

얼마 전, 시댁에 집안 행사가 있었다. 어른들 앞에서 대화를 나누다가 형님이 아닌, '다정 엄마'라 불러 당황했다. 평소에 형님, 동생이라는 가족 관계의 호칭 대신 친구의 호칭으로 호응했으니 벌어진 에피소드(episode)다.

소심한 성격 때문에 선뜻 먼저 다가서지 못하는 나에게 동갑내기 동서는 스스럼없이 다가온다. 이러저런 의논도 하며 말동무도 되고, 든든한 내 우군이 된다. 서로의 속내도 터놓고, 사소한 사생활까지도 주저 없이 까발린다. 여행도 같이 다니고, 때로는 좋아하는 시와 노래도 골라서 같이 듣거나 읊기도 하고, 밤이 새도록 이야기꽃을 피우기도 한다.

삶이 힘들 때 위로의 말을 주고받고 진심을 터놓고 이야기할 수 있는 친구가 있는 사람은 행복하다 했으니 난 그런 행운을 꿰찬 것이다.

까마득하게 먼 초등학교 시절의 친구 모습이 떠오른다. 갈래머리에 눈이 크고 보조개가 들어간 곱상한 얼굴. 같은 동네에 살면서 아침이면 내 집 앞에서 내 이름을 부르곤 했다. 황급히 뛰어나가 손잡고 등굣길을 함께했다. 방과 후에는 만화책을 골라 읽고, 시험 때면 같이 공부하다 친구 집에서 잠들기도 했다. 맑고 티 없는 우정의 꽃을 활짝 피웠었는데…. 손잡고 놀러 다니다가 헤어지기 아쉬워서 가로등 전봇대에 기대어 "푸른 하늘 은하수 하얀 쪽 배엔…." 노래도 부르고. 새끼손가락 걸며 어른이 되어도 헤어지지 말자던 친구였는데…. 지금은 어디서 나처럼 얼굴에 세월의 이력을 새기며 살고 있을까? 그때는 눈빛만 봐도 서로의 속내를 알아차렸는데.

격식을 생략할 수 있는 흉허물 없는 사이, 그런 사람 몇 있으면 외로울 걱정이 없다는 말들을 곧잘 한다. 항상 배가 부른 듯 마음이 든든할 것이라며. 그렇지만 너무 가까우면 싫증나기 쉽고 자주 만나지 않으면 관심에서 멀어지는 게 인간관계다. 늘 관심과 만남에 정성을 기울여야 그 관계가 유지되는 생애사업 같은 것이다. 초등학교 시절의 갈래머리 친구도 관심에서 멀어지고, 만남의 기회마저 없었기에 지금은 잊힌 사이가 되고 말았다. 사랑이나 우정은 관심의 자양으로 성숙한다. 그게 끊기면 고사되고 만다. 떠난 사람 다시 되돌아오게 하기는 불가능에 가깝다. '있을 때 잘하라.'는 말, 인간관계의 정곡을 찌른 금과옥조다.

친구 사이를 원만하게 유지해 나가려면 이해나 포용도 **빼놓을** 수 없는 덕목이다. 상대방의 장점보다는 단점을 잘 감싸 안으며 이해하고 포용할 수 있어야 진정한 친구 관계가 유지된다. 세상에서 가장 어려운 게 사람의 마음을 얻는 일이란 말도 이해하고 포용하는 일이 쉽지 않음에서 나온 말이다. 부부나 연인 사이는 물론 모든 인간관계가 그렇다.

'징검다리는 물을 건너려는 사람들의 마음을 편안하게 해준다.'는 글을 읽은 적이 있다. 그 앞뒤 문맥은 떠오르지 않지만 마음과 마음 사이의 편안한 징검다리는 배려와 포용임을 빗댄 내용일 듯싶다. 내 동서는 나와 그녀 사이에 배려와 포용이라는 편안한 징검다리를 놓고 내 곁을 부담 없이 드나든다. 그러면서도 혹여 일하는 데 방해될까 망설일 때도 있다고 털어놓는다. 나에 대한 배려 때문이다. 내 일이라면 열일 젖혀놓고 달려오는 그녀. 애교나 붙임성이 부족한 내 성격에도 아무런 무담을 느끼지 않는다니 그녀의 사귐성이나 포용력이 부러울 따름이다.

'인생의 비극은 너무 짧다는 데 있는 게 아니라, 정말 중요한 것이 무엇인지 너무 늦게 깨닫는데 있다.'는 말이 있다. 우정도 그 중요성을 늦은 후에야 깨닫게 되는 그 무엇의 하나란 생각을 해 본다. 앞으로 집안의 대·소사를 치르면서 동서와 친구라는 이중의 역할로 불편할 때도 있을 것이다. 그러나 그 불편함보다 더 소중한 우정을 위하여 그 모두를 기꺼이 감수해야 하리라. 내 행복은 그녀와의 우정이란 시소 위에서 오르락내리락 재주넘기 해야 하니.

2부 | 초록으로 물든 하루

"내가 걸었던 산등선 위 파란 하늘에는 바람에 실려 가는 구름 한 조각이 제 세상인 듯 한가롭다."

자연의 오묘한 숨결

새들이 아침을 여는 소리에 잠이 깼다. 제철 맞은 가로수가 한껏 물오른 잎파랑이를 자랑이라도 하듯 바람 따라 살랑댄다. 좋은 시절을 만났으니 새들도 덩달아 목청을 돋운다. 봐주는 관객은 없지만 저들끼리 소리 높여 새날을 노래한이다.

짹짹, 짹짹, 지지배배, 지지배배….

귀에 익은 소리지만 언제 들어도 새롭다. 새소리의 마력에 빠져 잠시 눈을 감았다. 청아한 자연의 새벽 공기가 내 마음속까지 스며든다. 코끝을 자극하는 감미로운 향기에 눈을 떠보니 내 앞에 초하의 꽃무리가 화사한 자태로 미소 짓고 있다. 어제까지만 해도 볼 수 없었던 것들이다.

우리 집 조그만 정원에는 크고 작은 꽃들이 옹기종기 모여 산다. 동네 아저씨에게서 얻은 야생화는 수줍은 새색시 볼연지 같은 홍조를 별무리처럼 피워 올렸다. 그 옆에는 설란과 자란도 분홍색 꽃망울을 달고 의젓하게 서 있고. 친정어머니께서 정성껏 키워보라며 보내주신 수국은 연보랏빛 아름다운 자태를 한껏 뽐낸다.

수국을 대하니 며칠 전 서귀포 올래길을 걸었던 생각이 난다. 서귀포시 하효동에서 출발하여 쇠소깍, 남성리, 외돌개를 지나자 길 양쪽 가장자리에 수국이 연보라색 꽃 뭉치를 달고 나를 향해 환한 웃음을 보냈다. 아름드리나무 사이로 병솔 꽃들도 한들거리며 우리를 안내하듯 도열해 서 있고. 한참을 걸어가다 앞서 가던 두 노신사의 얘기를 우연찮게 듣게 되었다.

"이름도 모르는 꽃이지만 고것 참 풍만하게 피었네."

"……."

'수국이에요.'라는 말이 내 입안에서 맴돌았지만 밖으로 터져 나오진 못했다.

"꽃이 봉오리일 때는 어린아이 같으니 아화兒花라 해야 할 듯싶고, 활짝 피어나면 다 자랐으니 성화成花, 시들어가는 꽃은 인생의 늙음과 비유되니 노화老花라 해야겠지?"

"……."

옆의 상대는 듣기만 한다. 나에겐 노신사의 뒷얘기가 농처럼 들리면서도 절로 고개가 끄덕여진다. 나는 지금 어느 상태일까?

'노화老花? 성화成花? 아니면 아직도 아화兒花?'

수국을 보고 있노라면 붉은색이라고 해야 할지, 파란색이라고 해야 할지 그도 아니면 흰색이라고 해야 할지, 기묘한 색깔의 변화에 고개가 갸우뚱해진다. 그 생김새도 화려하지만 넉넉한 품 또한 나를 매혹시키기에 충분하다. 그런데 이 꽃의 꽃말이 '진심'과 '변덕'이라니 참으로 이중적이지 않은가. 꽃의 색깔이 자라면서 흰색, 붉은색, 푸른색으로 변한다고 해서 이런 꽃말이 붙여졌다고 한다. 실은 토양 산도에 따라서도 그 색깔이 변한다니 꽃말의 사연은 꽤 그럴듯하다. 그 흔한 꽃들에 그럴싸한 꽃말을 지어 붙인 인간의 꽃 사랑도 참으로 대단하다.

계절 따라 들과 벌에 지천으로 피고 지는 야생화. 오밀조밀하게 피어난 작은 꽃들도 보기 좋지만 수국처럼 넉넉하고 풍만한 꽃들도 그 나름의 매력으로 내 시선을 당긴다. 목련, 장미, 튤립, 모란, 해바라기….

꽃들의 색과 모양만 기묘한 건 아니다. 자연의 온갖 형상은 천태만상이요, 변화무쌍이다. 어제와 오늘이 다르고, 내일이면 또 다른 모습으로 우릴 맞는다. 자연에 살 비비며 살면서도 평생 싫증을 모르고 살 수 있는 이유다. 아무리 화려한 문명의 자락도 우리에게 이토록 황홀경을 연출할 수는 없다. 그러니 오늘도 쉬지 않고 자연의 그 오묘한 숨결을 찾아 이렇게 땀 흘리며 걷고 있는 것인지도.

사랑초 이야기

꽃보다 꽃말이 더 아름다운 자줏빛 사랑초가 별무리처럼 피어나 그 고운 자태를 뽐낸다. 계절 따라 피는 들꽃과 우리 집 화단에 피어나는 갖가지 화초들. 나는 이런 꽃 속에 파묻혀 사는 게 소원이며 행복이다. 꽃에 대한 애착이 남다른 까닭이다.

길가에 피어난 하찮은 풀꽃 하나라도 유심히 쳐다보는 편이다. 이것들을 바라보고 있노라면 왠지 식물로서의 꽃이 아닌 그 이상의 어떤 의미와 애틋한 감정이 생긴다. 헤어지면 그리워서 다시 찾아야 할 것만 같은 그런 마음까지도.

어린 시절, 학교가 끝나면 친구들과 마을 들녘으로 꽃을 찾아

다니곤 했다. 이름 모를 크고 작은 꽃들을 보는 재미로 시간 가는 줄도 모르고 열심히 풀밭을 뒤졌던 기억이 난다.

지금도 길을 걷다 들꽃을 보면 소녀시절 그때로 되돌아가는 느낌이다. 가던 걸음 멈춰 서서 꽃과 만남의 정을 주고받아야 발길을 떼곤 한다.

오늘도 한낮의 땡볕 속에서 정원의 꽃들과 무언의 밀어를 수없이 나누었다. 이제 작열하던 태양이 서녘 하늘로 기울자 텅 빈 하늘 복판에는 붉은 칸나의 꽃노을로 채워진다. 우리 집 화단의 꽃들도 그 아름다운 자태를 접고 잠을 청할 시간이다.

때마침 밤늦은 시각에 친구 내외가 차 한 잔 생각나서 들렀다며 현관을 들어선다. 커피를 마시면서 이야기를 나누다 친구 남편이 신기한 뭐라도 발견한 듯,

"이게 뭡니까?"

사랑초 화분을 들고 나에게 묻는 것이다.

"예, 사랑초 꽃입니다."

"처음 보는 꽃인데요?"

"……."

"이 화분 저희에게 빌려주시면 안 되까요?"

"……."

내 대답도 듣지 않았는데 마치 승낙이라도 받은 듯 제 옆에 옮

겨놓는 것이다.

정말 들고 갈 기세다. 안 된다고 말하고 싶지만, 친구지간에 그깟 화분 하나 갖고 뻗댈 수도 없고 난처한 지경에 빠지고 말았다.

선뜻 승낙을 못하는 이유는 애지중지 키우는 꽃이기도 하지만 무언으로 우리 부부의 사랑을 확인하는 꽃이기 때문이다.

사랑초를 처음 대면하게 된 건 서울에 살고 계신 작은아버지 댁에서였다. 시댁 조카의 결혼식을 앞두고 작은아버지 댁에 잠시 머물게 되었다. 그곳의 베란다에는 크고 작은 화분들이 많이 있었다. 그중에서도 유독 비닐로 가려진 화분이 내 시선을 끌었다. 바로 사랑초 화분이었다. 작은어머니는 비닐 속에 있는 사랑초 화분을 귀히 키우고 계셨다. 추운 겨울밤에는 온실처럼 비닐을 씌우고 아침에는 비닐을 벗겨 놓는 정성을 쏟는단다.

애틋한 사랑의 마음이 담긴 꽃, 본명은 옥살리스(oxalis)라 하였다. 구근의 다년생초로 클로버처럼 생긴 큰 잎에 여러 가지 빛깔의 앙증맞은 꽃들이 피어난다고 했다. 저녁이 되면 꽃잎이 모아지고 잎도 접혀 서로 달라붙는데 그 모양이 마치 포옹하는 것 같아 더욱 사랑스러운 꽃이라 했다. 그런 생태 때문인지 꽃말도 '당신과 함께 하겠습니다.'라며 작은어머니께서는 친절한 설명까지 들려주셨다.

꽃말이 너무 신기하고 아름다워 본격적으로 키워볼 양으로 나도 인터넷을 검색하며 그 정보를 찾아보았다.

옥살리스는 흙 속에 알뿌리가 생기며 번식한다. 알뿌리를 구해 물 빠짐이 좋은 흙에 심고 가꾸면 무난하게 자라며, 햇볕이 잘 들고 통풍이 좋으면 튼실하게 자라나 꽃도 야무지게 핀다. 꽃이 피고 지며 일 년 정도 지나면 봄철에 분갈이를 하는 게 좋다. 분갈이하면서 알뿌리 포기 나누기도 하고.

뭐니뭐니 해도 정성스럽게 기른 옥살리스 화분을 창가에 두고 저녁마다 포옹하는 모습을 바라보는 게 가장 큰 행복이다. 가족 간의 사랑도 꽃을 닮아 절로 깊어가고.

사랑초. 아무리 읊조려 보아도 이름과 그 생태가 참으로 잘 어울리는 꽃이다.

일단 친구에게 빌려줬다가 봄이 되면 구근을 파내어 나도 하나 갖고 다른 친구들에게도 나눠줘야겠다는 생각을 하였다. 친구 남편의 청을 수락하고 귀여운 딸을 시집보내는 심정으로 들려 보냈다.

그 후 바쁜 일상 때문에 사랑초 생각을 깜박 잊고 지냈는데 우연히 친구 집에 들를 일이 생겼다. 친구에게 방문 인사만 얼른 하고 베란다에 놓여있다는 내 사랑초에게 다가가 '네가 보고 싶어 왔노라.'는 우리만의 밀어를 나누었다.

어서 빨리 새봄이 되어 너의 분신이라도 내 곁에 두고 싶다는 애절한 그리움을 마음으로 전하며 꽃잎에 입맞춤하였다.

아침이면 사랑초에게 "밤새 잘 잤니?" 인사도 나누고 '오늘도 우리 부부에게 사랑이 충만하도록 지켜봐 줘서 고맙다.'는 저녁 인사도 나눌 수 있는 그날을 손꼽아 본다.

아름다운 꽃을 곁에 두고 가꾸며, 가족 간의 사랑도 그처럼 곱게 보듬어가는 삶. 사랑초가 있어 우리 집은 사랑의 보금자리로 거듭난다.

오월

오월의 아침 정원에 화향이 가득하다. 아침 첫 대면이 꽃향기다. 향기의 진원을 찾아 걸음을 옮기니 마당 한켠에 빨간 장미꽃이 이슬방울을 달고 웃음을 짓고 있다. 곁에 자리한 풍만한 수국의 피워 올리는 향일지도…. 오월에나 누릴 수 있는 내 오감의 호사다. 지난해에도 한두 송이 꽃을 피우더니만 올해는 새로운 곁가지를 달고 풍성한 무리로 피어난다.

어제 본 꽃은 성숙한 자태로 나를 기쁘게 하고, 오늘 피어난 첫 대면의 꽃은 청초해서 반갑다. 오월이 되면 꽃들과 눈맞춤하는 일이 아침 일과다. 오늘 아침에는 어떤 친구가 얼굴을 내밀고 있을까? 새 얼굴에 대한 궁금증이 내 발길을 이곳으로 향하게 한다. 잎보다 먼저 피었던 성급한 꽃들이 지고 나면 또 초록 이파리의 환대 속에 화려한 자태를 내미는 내 조그만 정원의 화초들. 나는 요즘 요것들의 재롱에 즐거운 아침을 맞는다.

오늘은 일요일이다. 반가운 햇살을 맞으며 가까운 공원으로 자전거를 몰았다. "장미 한 송이, 장미꽃 한 송이, 고운 꽃 한 송이 피어있었네." 콧노래가 절로 새어나온다.

요즘은 건강을 지키려는 사람들뿐 아니라 상춘객들이 공원으로 무리지어 모여든다. 자전거를 타는 사람, 조깅을 하거나 인라인스케이트를 즐기는 사람, 가족들과 함께 웃음꽃 피우며 거니는 이들도 많다. 저들을 보면 내 몸도 오월의 생기를 더 많이 들여야겠다는 욕심으로 충만해진다.

자연을 마음껏 즐기기에 자전거만 한 것이 없다. 탁구나 농구, 테니스 같은 구기는 상대가 있어야 되지만 자전거는 혼자서도 즐길 수 있는 운동이다. 남녀노소 쉽게 할 수 있을 뿐 아니라 공해도 없으니 친환경적인 운동이다. 사람의 힘이 동력이 되므로 내가 움직이는 만큼 앞으로 나아가는 기쁨이 있다. 온몸을 자연 속으로 내던질 수 있는 게 자전거 타기의 매력이다.

날렵한 자전거를 탄 남학생이 경적을 울리며 내 옆을 스쳐 지난다. 능숙한 실력이다. 두 사람이 겨우 지나다닐 수 있는 좁은 인도 위를 곡예를 부리듯 달린다. 한참 동안 넋 놓고 바라보았다. 부럽기도 하고 한편으론 걱정도 된다.

연전에 이곳에서 자전거를 배웠다. 배워주는 아들은 배워주면서도 걱정이 앞서는지 연신 무어라 시부렁거린다. 자전거 배우기엔 늦은 나이라면서. 몇 차례 넘어지는 수난을 겪고 나서야 아기가 걸어가듯 살금살금 자전거를 움직였다. 간신히 앞으로 나간다 싶으면 한쪽으로 쏠린다. 안장에 오르는 일도, 페달을 밟는 일도 쉽지 않다. 넘어져 몸이 아파도 지나가는 사람들이 볼까봐 아무렇지 않은 듯 툭툭 털고 일어서곤 했다. 이론과 실습이 반복되었지만 머리와 몸은 한참 동안 따로 놀았다. 얼마나 답답하고 아슬아슬했으면 아들은 그만 포기하라고까지 말했을까? 나도 오기가 생겨 멈출 수는 없었다. 멀리 바라보면서 균형을 잡는 게 가장 중요한데 코앞만 보니 균형을 잃고 비틀거린다. 우리의 인생도 균형을 잡는 일이 핵심이다. 삶도, 일도, 사랑도 그 성공의 핵심은 어느 한쪽으로 치우치지 않는 균형 잡기 아닌가. 옷은 엉망이 되고 무릎도 쑤시고 몸도 여기저기 결린다. 대가 없이 이루어지는 건 없다. 그만한 대가로 이 나이에 자전거를 탈 수 있다는 게 그나마 다행이다. 자전거를 탈 수 있다는 이 기분, 이 기쁨. 그 모든 고난의 상처를 상쇄하고도 남는다. 아잇적 즐거움이 다시 샘솟는다. 행복해지려면 동심을 가져야 한다는 말을 절절하게 실감한다. 능숙하기엔 아직 멀었지만 혼자서 페달만 부지런히 돌리면 넘어지지 않고 앞으로 나아갈 수 있다. 나 자신이 참으로 대견스럽다.

자전거를 배우는 일은 오랜 꿈이었다. 능숙해지면 펼쳐보고 싶은 꿈도 있었다. 꽃향기 맡으며 들길을 달리면서 자연과 하나가 되고 싶은. 자전거에 익숙한 사람들에게는 아무것도 아니지만 나에게는 그런 일들이 꿈만 같았다.

오늘 나들이는 그 꿈의 실현이다. 오월의 싱그러운 바람이 내 볼을 간질인다. 자전거를 세워두고 현란한 아름다움으로 제 모습을 한껏 뽐내는 봄꽃들이 난장으로 피어있는 공원길을 걸었다. 주변에 아까시가 진한 향기를 뿜어댄다. 공원 전체가 녹색의 파노라마다. 어디를 보아도 눈이 부시다. 오월은 찰나의 순간이기에 금방 지나가버린다. 아무리 바쁘다 해도 오월의 들녘은 눈에 새기며 살아야 한다. 바라보는 것만으로도 기분이 전환되고 몸에 생기가 돈다. 일상의 권태에서 벗어나는 길은 생동하는 자연 속으로 드는 것이다. 오월의 자연 생태는 보고 또 보아도 질리지 않는다. 그 색과 향에 취해 봄의 시구라도 몇 수 떠올리며 읊조리고 싶어진다.

돌아왔구나/ 노오란 배냇머리/ 넘어지며 넘어지며/ 울며 왔구

나//

　돌은 가장자리부터 물이 흐르고/ 하늘은 물오른 가지 끝을 당겨올리고//

봄맞이 단상

봄볕이 잔설을 녹이더니 산과 들엔 아지랑이가 피어오른다. 새 봄을 마중함이다.

집안이라고 무심코 봄맞이를 할 수는 없는 일이다. 이맘때면 주부의 손길 또한 바빠진다. 신바람이라고 해야 할지, 고역이라고 해야 할지. 밖에서 일하는 남편이나 자식들은 자잘한, 그러면서도 방심하면 당장 생활에 불편을 주는 집안일을 모르고 산다. 손 하나 까딱하지 않으면서도 찾는 물건이 제자리에 없거나 철지난 것들이 이리저리 널려 있으면 먼저 짜증을 내거나 싫어한다. 나 또한 내 소지품들이나 옷가지들이 이리저리 나뒹굴거나 헝클어져 있으면 불안스럽긴 매한가지다.

집이 넓다면 대충 어질러 있어도 괜찮을 것 같지만 비좁은 집 안은 조금만 어수선해도 신경에 거슬리고 생활에 불편이 따른다.

내 어린 시절 친정어머니는 당신이 하시는 일은 표가 나지 않는 일이란 말을 곧잘 하셨다. 그때는 철이 없어서 그 말이 무슨 뜻인지 이해할 수가 없었다. 이제는 어머니의 그 말씀을 헤아리고도 남는다. 내가 어머니의 그 자리에 서 있음이다. 무엇이든 제자리에 가지런히 정돈돼 있어야 한다는 걸 어머니로부터 내려 받은 것이다.

어머니는 설거지를 하다가도 뭔 생각에 허둥지둥 방으로 들었다가 왜 들어왔는지 기억이 가물가물할 때가 있다고 하셨다. 이리저리 둘러보며 중얼중얼 자신에게 말을 건네기도 하고. 나도 가끔 그럴 때가 있다. 누가 보면 정신이 나갔다고 흉보지는 않을까 가슴을 조이기도 한다. 하지만 밑도 끝도 없는 집안일에 얽매인 삶이라면 별수 없는 일이라 체념하고 털어버린다.

딸애의 외출 시간이 늦나 보다. 아침부터 볼멘소리다.

"엄마, 내방 정리하면서 USB 못 봤어요?" "내 양말 어디 있어?"

"네 양말까지 챙겨주련?" "엄마가 네 몸종이라도 되니?" 더 퍼붓고 싶지만 아침이어서 절제의 미덕을 발휘해 본다. 머잖아 내 딸도 나처럼 제 자식의 철없음에 화풀이를 하다가 오늘의 이 황당한 욕지거리를 떠올릴지도 모르겠다 싶어서다.

이왕 딸의 방에 든 김에 방을 정리하기로 했다. 이것저것 뒤적이다가 책꽂이 한 귀퉁이에 꽂혀있는 조그만 상자를 발견했다. 묘한 곳에 붙박이처럼 교묘하게 박혀 있다. 상자를 열었더니 반짝이는 보석이 들어있는 게 아닌가. 그동안 여러 해를 찾았었는데. 생각지도 못한 엉뚱한 공간에 숨어 있었던 것이다. 마치 공짜 보석이라도 얻은 것 같은 기쁨이다. 한동안 고것을 손에 움켜쥐고 아무 말 없이 쾌감을 속으로 삭여야 했다. 복권에 당첨되면 심장마비로 죽는 수도 있다더니 내가 지금 그 비슷한 상황이 아닌가.

초등학교 시절 소풍을 가면 가장 기다려지는 게 보물찾기였다. 보물이라고 해야 공책이나 연필 같은 학용품이었지만 이번에는 꼭 찾아야지 하는 욕심 때문에 심장이 콩콩거렸다. 열심히 뛰어다녀도 허탕 치는 건 내 몫이었지만. 보물을 찾은 친구에게 물어보면 대답은 의외였다. 발에 차이는 돌멩이 밑이거나 마시고 버린 빈 깡통의 구겨진 틈새에 보물이 있었다고 했다. 내 예상은 완전히 빗나가 있었다. 이 보석도 꼭 초등학교 시절 보물찾기 같은 예상 밖의 장소에 숨어 있었던 것이다.

딸이 성인이 되던 날, 선물로 사 주었던 목걸이다. 장미꽃 스무

송이로 꽃다발을 엮어 줄까 하다가 그래도 먼 훗날 보탬이 되는 걸로 해 줘야지 하는 생각에 큰 맘 먹고 사준 것이다. 아들은 군 복무 중이어서 내 마음을 담은 육필 편지와 사랑의 메시지로 성년을 축하했던 기억이 새롭다.

자식이 태어나서 성인이 되기까지 저들에게 쏟은 정성과 사랑을 말로 어찌 다 표현하랴. 앳되고 귀엽던 얼굴은 이제 늠름한 어른의 모습으로 변했다. 순수와 야성으로 다소 거칠었던 저들의 꿈과 이상은 세파에 휩쓸리며 많이 쪼그라들었다. 뭔가에 열정을 쏟다가 실패와 좌절에 방황하고, 다시 오뚝이처럼 일어나 꿈을 좇아 역주하고. 엄마의 마음은 싫든 좋든 저들 속에 들어앉아 똬리를 튼다. 저들의 생활에 따라 천길 벼랑에 매달리기도 하고, 순풍에 돛 단 듯 콧노래가 절로 새어나오기도 한다. 꿈과 현실 사이에서 갈등하는 저들의 성장통을 엄마도 따라하는 것이다. 사랑인지 집착인지 불안하고 초조한 내 마음은 저들이 성인이 된 후에도 저들의 삶 속에서 헤어 나올 줄을 모른다.

오늘 봄맞이 집안 청소에 우연찮게 찾은 목걸이를 딸의 서랍 속 제자리에 넣었다. 자식에 대한 엄마의 마음도 이제 제자리를 찾아야겠다. 자식에 대한 내리사랑은 집착의 또 다른 이름일 테니.

초록으로 물든 하루

장마기간이어선지 간간이 드러나는 파란 하늘과 햇살은 일상을 벗어나라 꼬드긴다. 몰래 도망이라도 치려는 사람처럼 마음은 총총대고. 머리로는 일탈의 조급을 덜어보려 하지만 그럴수록 들숨과 날숨은 균형을 잃고 허겁을 떤다.

빨랫감에서 나는 눅눅한 곰팡내가 후각을 어지럽히고, 후끈하게 밀려드는 습기는 머릿결을 파고든다. 장대라도 있으면 휘저어 구름을 걷어내고, 회색 습기를 몰아내 파란 하늘을 펼쳐놓고 싶지만….

컵라면, 김밥, 끓인 물과 커피를 주섬주섬 배낭에 집어넣고는 가벼운 마음으로 등에 둘러맸다. 쭉쭉 뻗은 삼나무 아래 '산악회'란 깃발을 배낭에 꽂고, 형형색색의 등산복을 입은 사람들이 저마다 그럴싸한 웃음을 귀에 걸고 섰다.

파릇파릇 돋던 새싹들이 짙푸른 초록으로 변해가는 모습을 지켜보는 건 즐거움이다.

들길 따라 피어난 꽃들은 나비를 유혹하고, 꽃 위에 앉은 벌들은 열심히 꿀을 딴다. 자연은 비움으로 풍요로워진다.

넝쿨 속 나무 아래 반쯤 몸을 숨긴 수줍은 빨간 산딸기와 맹기 열매가 내 기억 속의 그리움 하나를 살포시 꺼내든다.

어린 시절, 학교가 끝나면 친구들과 어울려 들판을 헤집었다. 가위바위보하면서 아까시 잎 한 잎 두 잎 따던 일. 설익은 맹기 열매를 실에 꿰어 목걸이하고 다니다가 간식처럼 하나씩 빼 먹곤 했었는데…. 달콤한 과자만은 못했지만 추억 속의 열매들은 지금도 눈에 선하다. 보리수열매, 까마중, 삼동, 머루, 유름, 앵두. 삘기를 뽑아 씹으며 껌 대용으로 삼았던 그 추억들까지도. 지금은 그것들이 건강식으로 호응을 받고 있다니 인간의 입맛이란 게 따지고 보면 그 근원이 자연이란 걸 증명해 보이는 것이다. 친구들과 어울려 이야기꽃을 피우며 삘기치기도 하고, 여자애들은 봉숭아 꽃잎으로 손톱에 물들이며 일찌감치 여자의 화장 본능을 내보이기도 했다. 인동초, 진달래, 쑥부쟁이를 따서 소꿉놀이하다 보면 해 가는 줄 몰랐었는데….

추억의 회상에서 벗어나자 들판도 보이고, 솟은 바위들도 눈 앞에 위용을 드러낸다. 나무와 숲 사이로 내비치는 하늘과 구름, 녹음방초 사이로 새어나오는 뻐꾸기와 꾀꼬리 소리. 들꽃과 함께 푸른 나무들이 발산하는 실록의 향기는 폐부 속을 파고들어 내 안의 세포 조각들을 일깨운다. 후각을 시험하듯 이름 모를 열매들도 난장이다. 피곤과 스트레스로 찌들었던 몸은 활기를 되찾고, 문명의 바닥에 시달렸던 발은 흙의 부드러운 기운에 호사까지 누린다. 마음은 벌·나비 된 듯 시선을 좇아 녹음을 가르고.

얼마나 걸었을까. 발걸음 잠시 멈추고 길섶에 피어있는 들꽃들을 눈요기한다. 자연과 내가 하나가 되어 황홀한 무아지경에 빠져든다.

잠시 후, 내 상상의 아방궁에 웅성거림이 날아든다.

"저희 먼저 가면 안될까요?" 나에게 양보를 청하는 소리다. 출발지에서 만났던 산악회 사람들이다.

얼마쯤 지났을까. 앞서가던 아줌마의 비명소리다. 빠른 걸음으로 숲만 보며 걷다가 나무 부리에 걸려 넘어진 것이다.

아뿔싸! 바쁘다! 바빠! 도처에 바쁘지 않은 사람이 없다. 직장에 다니는 사람도, 은퇴 후 남는 시간을 보내는 이들도, 가정주부들도. 하기야 초등학생들도 저마다 바쁨을 호소하는 시대다. 시대의 고질이라 해야 할지, 조상의 유전인자 탓이라 해야 할지….

일상은 바쁘더라도 휴식만은 여유로울 수 없을까. 자연에 들었으면 자연과 교감하며 느림의 호사도 누려볼만 한데. 주위마다 바쁨의 허기에 빠진 사람들이다.

발아래 제 집을 등에 진 달팽이가 느릿느릿 기어간다. 조금 전 아줌마에 대한 무언의 마임(mime)일까. 천천히 걸으며 자연과 일체가 되라 한다.

계곡을 가로질러 경사로에 접어들었다. 오르막이 끝나는 지점에 다다르자 밝아지는 주위와 시야에 잡히는 오름들. 신록의 향에 절은 몸과 마음은 커피 향을 부른다. 커피 향은 내 안에 들어 시 한 구절 떠올리고.

"하늘은 뜻이 없어 맑고/ 산은 말이 없어 푸르고/ 꽃은 생각이 없어 곱다"

내가 걸었던 산등성 위 파란 하늘을 올려다보니 과연 아무 생각도 없이 바람에 실려 가는 구름 한 조각이 제 세상인 듯 한가롭다.

내 몸과 마음도 저 구름처럼 한가를 벗하며 초록으로 물든 하루였지 싶다.

다정이 나무

봄 · 여름 · 가을 · 겨울, 자연은 철따라 어김없이 새 옷으로 갈아입는다.

요즘 가을의 전령사인 코스모스가 여느 가을꽃보다 일찍 그 청초한 자태를 뽐내며 들녘을 물들이고, 고추잠자리도 하나 둘 가을의 정취를 날개에 달고 나타나 하늘을 누빈다.

그래도 한낮은 꼬리 긴 늦더위 때문에 분수대에서 내뿜는 물줄기가 시원하게 느껴진다.

계절이 뒤바뀌는 환절기에는 집안도 어수선하다. 여름의 흔적들을 지우고 가을을 맞이할 자질구레한 일거리들이 많아서다. 이리저리 쫓기다 보면 괜스레 조급증과 짜증이 스멀스멀 피어오른다. 그럴 때면 정원의 나무들과 무언의 대화를 나누곤 한다.

우리 집 정원에는 몇 그루의 나무가 자란다. 무화과나무, 소나무, 동백나무, 다정큼나무…. 그런데 유난히 한 나무에게만 내 시선이 꽂힌다. 편애의 눈길이다. 바로 다정큼나무다. 조그만 화분에 심어 놓았는데 꼼짝도 않는다. 이것과 함께 심어놓은 가시나무는 무럭무럭 자라는데. 자식들을 키우면서도 몸이 약한 녀석에게 관심과 애정의 손길이 더 가는 것처럼 꽃이나 나무도 약한 것은 혹여 잘못되지나 않을까 하는 염려 때문에 정성이 더 간다. 다정큼나무에 특별한 관심을 갖는 것은 그런 이유도 있지만 실은 내 딸아이 이름이 들어간 나무여서 더 애지중지하는지도 모른다. 내 딸의 이름이 '다정'이다. 내 이름은 너무 투박한 느낌이 들어서 딸아이가 태어나 이름을 지을 때 무척 고심했다. 산뜻하면서도 정이 가는 그런 이름을 지어주고 싶었다.

그런 사연으로 지은 이름, '다정'이. 얼마나 좋은 이름인가. 부르기도 좋고, 기억하기도 좋은 이름이다. 내 이름 대신 '다정이 엄마'로 불리는 게 좋다. 누구와 이야기를 나눌 때도 의도적으로 '우리 다정이'를 내세운다. 그러면 상대 쪽에서는 "딸의 이름이 참 예뻐요. 가족 간의 우애도 돈독하시겠어요." 대부분 이런 인사가 돌아온다.

지난여름 벚꽃축제 때 남편과 함께 행사장에 갔었다. 그런데 사람들이 줄을 지어 늘어서 있는 게 아닌가. 뭔가 하고 살폈더니 '나무 묘목 무료 제공'이라는 알림판이 보였다. 우리 부부도 대열에 합류하여 오랜 기다림 끝에 묘목 두 그루를 얻었다. 다정큼나무와 가시나무였다. 이렇게 얻은 다정큼나무를 집에 가져와서 심어놓은 것이다. 딸의 이름이 들어간 묘목이어서 특별히 정성들여 심었는데 자랄 기미도 보이지 않고 묵묵부답이다. 그러니 속이 상하여 다른 나무들은 관심 밖이고 요것에만 내 눈길이 가는 것이다.

무슨 다른 이유라도 있을까 하여 자료를 찾아봤더니 생장 속도가 느리니 가지 자르기를 하지 말라는 것이었다. 그래서 지금까지 성장이 멈춘 듯 변화가 없었던 것이다.

그렇지만 내년 봄이면 하얀 꽃을 피우고 가을이면 까만 열매까지 보게 될 것이다. 하나 이놈은 더운 남쪽이 고향이라 겨울에는 영상 온도가 유지되도록 피복을 해 주어야 한다. 키가 2~4m나 자란다니 땅으로 옮겨 심어야 할 듯싶은데 커갈수록 관리가 어려워 보인다. 그래도 키울 수 있는 데까지 정성을 쏟아볼 생각이다.

정원의 다정큼나무를 바라보고 있노라면 멀리 있는 딸을 보는 느낌이 든다. 이름의 상징성이 생각과 마음으로 소통한다는 게 신기하다.

잠시 딸아이를 그려보는데 핸드폰이 울린다. 내 딸 다정이다.

"엄마, 다정이 나무 잘 자라고 있어요?"

"그래, 지금 다정이 나무를 보며 너를 생각하고 있던 참이었어."

"엄마, 다정이 나무 잘 키워야 돼!"

"알았어. 잘 키워서 너 시집갈 때 같이 보내 줄게."

딸녀석이 기분이 좋은지 소리 높여 웃는다. 딸이 웃으니 나도 덩달아 기쁘다.

갈바람이 스친다. 낙엽수의 철 이른 단풍잎이 파르르 떨린다. 머잖아 우리 정원에도 아름다운 낙엽들이 흩날리리라.

해가 저무는 황혼도 아름답다. 우리 인생도 저 아름다운 낙엽이나 황혼처럼 고운 모습으로 생을 마감할 수 있다면 얼마나 좋을까.

추억의 본향을 찾아서

일반적인 숫자는 사칙연산이 가능하기에 늘였다 줄였다 할 수 있다. 그렇지만 사람의 나이에 달라붙은 숫자는 생을 마칠 때까지 오직 더하기만을 해야 한다. 벌써 새해 달력에서 한 장이 떨어져 나갔다. 달력은 홀가분해졌을지 모르지만 그만큼의 무게는 내 나이에 고스란히 전이된 것이다. 하루 이틀 뜸들이며 지나가던 날짜가 언제부터인가 일주일씩 떼거리로 사라지더니 요즘은 한 달이 통째로 지워져 버리는 느낌이다. 세월이 쏜살같다는 표현이 요즘의 내 기분을 기막히게 대변해 준다.

빠르게 지나는 세월의 흐름은 내 의도와는 상관없이 내 모습을

성형하고 지워간다. 보드라운 살결에 티 없이 맑은 피부도 옛이
야기다. 어느 날 쪼그만 점 하나가 내 얼굴에 자리를 틀어 제 영
역을 넓혀가더니, 이제는 때와 곳을 가리지 않는다. 그것들을 감
추거나 지우려고 거울에다 내 얼굴을 옮겨다놓고 시간을 붙잡아
매기도 했었는데. 이젠 포기다. 어디 그뿐인가. 기억력도 제구실
을 못하는지 어제 일도 까물거리기 일쑤. 중요한 꺼리는 뭔가에
꼬박꼬박 적어놓아야 안심이 될 판이다. 그야말로 세월의 짓궂은
횡포다.

　이런 걸 노화현상이라고 해야 하나? 어쩌면 누구나 겪는 생의
변곡점變曲點 통과의례일지도 모른다. 가쁜 숨을 느리게 들이쉬며
일과 가정의 속박에서 과감히 일탈해 보라는 메시지란 생각도 든
다. 내 마음 한 구석에 한가와 여유의 은밀한 텃밭을 만들어 놓고
인생에 대한 사색과 사랑과 우정의 고고한 호사도 맛보며 살라
는.

　요즘은 일을 하다가도 때때로 하늘을 보거나 멀리서 가물거리
는 희미한 경치를 좇는 버릇이 생겼다. 내 지근거리에서 나타났
다 사라지는 수많은 삶의 파편들, 흡사 팽이채로 내 머리를 후려
치는 듯 세상을, 아니 내 정신 줄을 뒤흔들어 놓는다. 그래도 먼
하늘과 자연의 경치는 어제나 이제나 변함이 없다.

　핸드폰이 울린다. 친구의 전화다. 오늘 모임이라는 걸 잊고 있

었던 것이다.

학창시절 가까웠던 벗들이 다시 모여 우정도 쌓고, 어릴 적 추억들을 꺼내보는 기회를 갖고 있다. 지난 추억을 들춰보는 일이 너나없이 기다려진다니 우리의 나잇살이 깊었단 증거다. 하긴 나이가 많아져도 삶은 생각처럼 수월해지지 않고, 때론 내 삶에서 나 자신을 쏙 빼내고 싶을 때가 한두 번이 아니었다. 앞만 보며 정신없이 살아온 나날들. 일과 가정이란 올무에 묶여 허우적대기도 하고, 힘에 부칠 땐 방관하듯 체념하며 지나온 세월이 아니던가. 어느덧 중년이라는 풍만한 어감마저 대수롭잖게 받아넘길 그런 나이가 되어버린 것이다. 누굴 탓하거나 원망할 일은 아니지만 왠지 서운하고, 뭔가에 속고 살았다는 허탈감만 쌓여간다.

바다가 그리워 찾아 나선 곳. 해안가에 들어서자 갯냄새가 나를 반긴다. 우리는 아련한 추억의 옛 노래를 부르며 걷고 또 걸었다. "해당화가 곱게 핀 바닷가에서…."

바다는 그리움이다. 바닷가 풍경 속에는 내 유년시절의 추억이 배어있다. 모래 둔덕에 무리지어 피고 지는 분홍 해당화, 해풍에 난쟁이가 된 나무들, 밀려드는 파도에 쉼 없이 멱을 감아야 하는 우람한 바윗돌, 띄엄띄엄 돌무더기 쌓여있는 모래톱 해변. 그곳이 내 놀이터였다. 바다가 내 추억의 본향인 셈이다. 물이 빠진 갯가에서 놀다보면 바위에 다닥다닥 붙어있는 따개비와 물결이

쓸어다 도랑물에 가둬놓은 빨간 불가사리, 작은 새끼 물고기들. 게들은 쉴 새 없이 돌구멍을 들락거리며 나와 술래잡기하자 하고, 돌미역과 이름 모를 해초들은 고것들의 놀이터였다.

여기서 친구와 우정을 쌓으며 끝없는 상상의 나래를 폈었다. 내 의식의 심연에는 그때의 추억들이 자양분처럼 침전되어 있으니 오랜 세월이 흘러도 되살아나 나를 부르는 것이다. 맑은 햇살에 반짝이는 은모래알, 물 새소리와 어울려 내 귓전을 간질이던 해조음, 까맣게 그을린 따가운 등가죽 때문에 엎드려 앓다가도 아침이면 또다시 바다를 찾곤 했으니….

들숨과 날숨처럼 들고 남을 반복하는 바다를 보노라면 우리네 인생도 그와 별반 다르지 않다는 생각이 들곤 한다. 들고, 나고, 채우고, 비우고…, 또 들고, 나고….

그래도 바다는 들물일 때보다는 썰물일 때가 더 넉넉해지니 우리네 인생에서도 채움보다는 비움의 삶이 더 풍요로울 듯싶다. 바닷속에 무수한 보물들을 감췄다 내주듯 내 안의 소중한 것들까지 모두 꺼내어 이웃에 나눠주고 베풀며 사는 삶. 내 삶도 머잖아 썰물처럼 비우는 삶으로 반전하리라.

저만치 앞서 걷는 친구들의 모습이 행복으로 다가온다. 어린 시절의 천진난만했던 그 몸짓들. 지난 시절로 돌아가려는 듯 개구쟁이들처럼 오두방정을 다 떤다. 나도 그들과 섞여 철없는 어린애가 되고 싶다.

어느새 해변은 바닷물로 채워진다. 서쪽 하늘엔 붉은 노을이 일고. 노을이 펼치는 찰나의 퍼포먼스를 카메라에 담았다. 또 하나의 추억이 내 삶의 편린 한 켜를 장식한다.

'내 늘그막도 저 황홀한 저녁놀처럼 우아한 모습이어야 하는데….' 잠시 내 얼굴에 할머니 가면을 씌우고 상념에 젖으려 할 즈음 해는 서산을 넘어버린다. 언제나 시간은 나를 외면하고 저만 홀로 줄행랑치더니, 오늘도 또 그런다.

봄의 정원에서

창밖에 비가 내린다. 봄의 전령인 듯도 싶은데 산뜻하지가 않다. 집안이 퀴퀴할 정도로 며칠째 내리는 비다.

'장마철도 아닌데 연일 비람?'

날씨가 내 기분을 헤아려 줄 리 없지만 귀찮다는 소리가 나도 몰래 새어나온다. 고작 이삼일이었는데. 벌써 햇살이 그리워짐일까?

집안에 있는 것들은 일광욕을 시켜야 본래의 살가운 촉감을 되찾을 듯 모두가 축축해졌다. 본디 곰팡이나 세균들은 습기를 좋아하니 집안에 고것들이 득실거리는 건 아닌지. 봄비도 지나치면

궂은비가 된다.

그런데 오후가 되자 창밖이 밝아지며 햇살이 거실에까지 들어 앉는다.

우선 방안의 화분부터 마당으로 옮겼다. 밖에 나서니 봄이라곤 하지만 피부에 닿는 공기는 차갑다. 그래도 밝은 햇살과 시원한 공기가 내 몸을 어루만져주니 살맛난다. 햇빛은 생명의 근원이라 더니, 맞는 말인가 보다.

밖에 나선 김에 정원도 둘러보았다. 풀빛 생기가 감돌고, 땅속 에서는 봄비를 머금은 새순들이 땅거죽을 뚫고 고개를 내밀고 있 다. 역시 땅은 생명의 원천이다. 그 땅을 밟으며 살 수 있음이 얼 마나 다행인가. 그런 연유인지 난 정원에만 나오면 신이 난다. 흙 냄새도 맡을 수 있고, 나무와 풀꽃들, 새소리는 물론 풀벌레나 달 팽이와도 벗할 수 있으니. 정원의 나무들은 봄비에 샤워한 청신 한 모습으로 신록의 운치를 그려내고. 아파트가 좋다고들 수군거 려도 나에겐 이곳에 정붙여 살아야 하는 이유들이 더 많다.

정원 모퉁이에서 가녀린 숨결도 느껴진다. 구근 화초들이 벌써 목을 길게 내밀었다. 죽은 듯이 동면하다가 이것들도 봄기운에 탄생의 기지개를 편다.

수선화는 벌써 노란 꽃잎을 펴서 추위를 녹여버린다. 분홍 꽃 히아신스, 이파리도 고운 튤립, 이름까지 늠름한 군자란은 봄 햇살이 몸을 더 다독여야 꽃망울을 터뜨릴 모양이다.

이것들을 보고 있자니 지난봄에 꽃을 못 피운 수선화가 생각난다. 그해 늦가을이었던가. 친구들과 꽃 이야기로 수다를 떨다 돌아오는 길에 화원에 들러 수선화 구근 몇 뿌리를 사왔다. 정원 화단의 항아리에 심었더니 고물고물 새잎이 돋았다. 너무 깜찍하여 선심 쓰듯 물과 깻묵을 넉넉히 주었다. 곧추서기가 버거울 정도로 푸짐하게 잎을 키우기에 예쁜 꽃도 한껏 기대했다. 하지만 기다리는 꽃은 생겨나지 않고 파란 잎만 무성하게 키우다 시름시름 시들어 버리는 게 아닌가. 꽃 한 송이 피워보지도 못하고 속절없이 생을 마쳐버렸다. '잎과 줄기가 잘 자라서 꽃에 대한 기대도 컸었는데….' 아쉬움이 미련처럼 뇌리에 붙박였다.

꽃을 못 피운 까닭을 추적하다 알게 된 일이지만, 영양생장에 치우친 시비 관리 탓이었다. 물 빠짐이 안 되는 항아리라 항시 습하고, 거기다 질소 성분까지 과하였으니 웃자라기만 하다 제풀에 주저앉아버린 것이다. 싹을 보자 꽃을 탐한 성급함이 부른 화였다. 그걸 만회하려고 일 년을 기다린 것이다. 올해는 땅에 심었으니 곧추선 줄기가 제법 튼실해 보인다. 지난 실패 덕에 꽃 가꾸기에 대한 이런저런 이치들을 깨치게 되었다. 외려 다행인 듯하다. 하긴 그것뿐이 아니다. 지나침은 모자람만 못하다는 삶의 교훈까지 덤으로 얻었으니 소중한 삶의 체험이기도 하다.

이제는 거리에서 만나는 비만 아이들을 그냥 지나치지 못한다. 어른들의 과보호나 성급한 양육방식이 저리 만든 건 아닌지 하는 우려 때문이다.

곰곰이 생각해 보니 내 삶에도 모자람보다는 지나침이 문제가 되는 경우가 허다하다. 먹고 마시는 것, 놀고 일하는 것, 취하고 버리는 것, 바라고 기대하는 것 등등. 그 앞에 '지나치게'나 '많이'를 붙여 넣으면 내가 저지르기 쉬운 일상의 면면들이다.

내 작은 정원의 식구들

12월의 끝자락이다. 계절이 봄으로 건너뛴 듯하다. 영하의 날씨여야 철에 맞는데 낮에는 영상의 기온이라 환기를 위해 창문을 열어도 춥다는 생각이 들지 않는다. 봄다운 겨울이다.

그래서인지 우리 집 작은 정원에 개나리꽃이 피었다. 계절 감각을 잃었는지 한 번 피우기도 어려운 꽃을 두 번씩이나 피운다. 희미한 색채에다 볼품도 없다. 꽃도 제철에 피어나야 사랑을 받는데, 좀 참았다 겨울을 넘기고 피었으면 좋으련만.

하지만 지금처럼 겨울이 따뜻하게 넘어가면 좋겠다. 혹한이 대지를 얼리면 정성들여 키운 내 정원의 식구들이 동사할 수도 있다. 내 걱정을 눈치 챘는지 남편은 조그만 비닐하우스를 만들었다. 그이도 내색은 않지만 꽃을 좋아하는 모양이다. 하긴 꽃을 싫어할 사람은 없을 듯하다. 어느 집에나 화분 한둘은 키우며 사는 걸 보면.

정원에서 피고 지는 꽃들을 자연 상태로 놔두지 못하고 간섭하려드는 것은 내 취향에 맞게 키워보고 싶은 생각도 있지만 그것들을 안전하게 보듬으려는 의도도 있다. 돌발 사고가 심심치 않게 일어나기 때문이다. 애지중지 정성껏 기른 꽃 화분이 말라버리든가, 얼어버리기도 하고, 개나 고양들이 뛰어놀면서 엎지르기도 한다. 그럴 때면 그간 정성이 물거품이 된 것처럼 허탈해진다. 그런 사고를 막아보려 궁여지책의 묘를 발휘해 본다.

그뿐만 아니라 꽃나무 주위에 잡초를 뽑아주고 가지 자르기를 하는 것도 즐겁다. 피어날 꽃을 상상하기도 하고, 핀 꽃들을 감상하는 일은 나만의 자잘한 행복거리다. 잔 손놀림을 하면서 몸을 움직이는 것도 기쁘다. 하릴없이 무료하게 지내다 보면 몸과 마음이 나태해지기 십상인데 휴식 겸 정원 가꾸기를 하다보면 몸과 마음에 활력이 생긴다.

오늘도 내 손길을 필요로 하는 게 없나 하고 정원을 거닐다 정원 한편에 자리를 차지한 내 딸 이름을 딴 '다정이나무'에 발길이 머문다. 작년 봄에는 꽃이 활짝 피었는데, 지난봄에는 웬일인지 꽃을 피우지 못했다. 봄철 내내 푸른 잎만 무성했다. 거름을 너무 지나치게 주어 영양생장만 시킨 게 아닌가 하는 생각이 든다. 식물이든 동물이든, 심지어는 사람까지도 지나친 애정은 독이 될 수도 있음을 일깨운다. 적당한 관심과 애정이 바른 성장을 유도하고 알찬 결실을 맺게 한다는 것을. '다정이나무'에 미안한 생각이 든다. 올봄에는 아마도 지난해 몫까지 풍성하게 꽃을 피워내 정원을 꽃 향으로 채울 것이다. 상상만 하여도 꽃 향이 내 안으로 드는 듯 들이마시는 공기가 상큼하다.

이런 꽃들이 우리의 삶에서 멀어진다면 얼마나 삭막할까? 꽃은 삶의 멋이며 향기다. 인간에게 베푸는 자연의 시혜다. 이른 봄부터 늦가을까지 꽃이 피고 지는 자연은 우리의 삶에 큰 위로며 낙이 된다. 어쩌면 조물주의 은총일 수도 있다. 그러다보니 사람들은 유전자를 조작하며 새로운 변이종들을 수없이 만들어 낸다. 꽃은 이제 그 품종 개량과 재배 기술에 막대한 투자를 할 만큼 거대한 화훼 산업으로 발전하기에 이르렀다. 그러고 보니 조그만 내 정원에도 이외로 외래종이 많다. 우리의 토종 꽃들을 가리고도 남을 정도다. 내 취향의 변화 때문인지 시대의 흐름 탓인지 모르겠다. 하긴 요즘 세상에 국적이나 태생을 따질 이유는 없다. 세계는 이제 한데 어울려 살아가는 하나의 지구촌뿐일 뿐이다. 그렇지만 내 인식의 저편에서 온 것들은 이름부터 서툴고 그저 눈요기일 뿐 마음에서 우러나는 정이 쉬 닿지 않는다. 아직도 한물간 구시대의 관념이 내 안에 뿌리를 튼 모양이다. 그렇다고 외래종에 대한 배타적인 생각이 있는 건 아니다. 생소하다보니 재배에 어려움이 있고 우리의 토종 꽃처럼 코에 익은 향이 나는 것도 아니어서 친숙하지 않을 뿐이다. 거기다 내한성이 약하여 보온을 해주어야 하는 번거로움도 따른다. 그럼에도 화려한 모양과 색상 때문인지 내 정원에는 외래종 꽃들이 늘어만 간다.

꽃 식구들이 늘어가다 보니 꽃들에게 이름표를 달아 주고 있다. 이름을 익히려는 이유도 있지만 친숙해지고 싶은, 정을 주며 더불어 살고 싶은 마음 때문이다. 꽃들도 내 정성에 보답할 줄 아는 생명체라는 걸 깨닫고 나서부터는 꽃을 대하는 내 마음과 태도가 달라졌다. 내가 씨를 뿌려 생육시켰든 꽃가게에서 샀든 다정다감하게 이름을 외워 불러주는 걸 당연하게 여긴다.

애정을 쏟으며 꽃을 키우는 또 다른 이유는 꽃에 관심을 갖는 사람이 있으면 나누어 주고 싶은 마음이 다분해서다. 그럴 때 필요한 것 또한 꽃 이름이다. 화분에 심고 무명의 꽃을 주느니 이름표까지 달아주면 그 정성과 가치가 배가된다. 사람도 이름을 부르며 지내야 서로 정이 들듯 꽃을 대하는 것도 마찬가지다.

꽃이나 식물의 이름은 그 형태나 생리적인 특성을 나타내는 어휘로 지어진다. 그러기에 그 모양이나 색깔만큼 다양하고 아름답다. 사마귀를 닮았다 해서 사마귀꽃, 초롱을 닮아서 초롱꽃, 할머니의 흰머리 결을 연상케 하는 꽃술이 달려서 할미꽃이라 지었다. 그런가 하면 애기똥풀, 닭장이풀, 개불알꽃, 며느리배꼽같이 그 생리적 특성에 연관된 이름은 재미있고 쉬 잊히지 않을 기이함도 내포되어 있다. 사람의 이름이라면 정 떨어질 듯한데도 꽃이기에 왠지 자꾸 부르고 싶어진다.

내가 그의 이름을 불러 주기 전에는/ 그는 다만/ 하나의 몸짓에 지나지 않았다.
내가 그의 이름을 불러 주었을 때/ 그는 나에게로 와서/ 꽃이 되었다.

김춘수의 시구처럼 꽃도 그 이름을 불러줄 때 비로소 내 마음에 안긴다.
이제 내 정원의 꽃과 나무들은 겨울잠에 들었지만 새봄이 되면 기지개를 켜며 새 가지도 키우고, 잎도 틔우면서 예쁜 꽃들을 피워낼 것이다. 그에 비하면 이름을 외워 불러주는 것쯤은 미미한 마음씀이다.

밤바다

산이 붉게 물들더니 바다도 갈 볕에 홍조를 그려내며 넘실댄다. 가을이 깊어감이다. 내 마음도 가을을 타는지 사춘기적 애잔한 잔상들이 간간이 떠오르곤 한다. 어른스러움의 허울이나 체면 같은 걸 벗어던지기라도 하렴인지 괜스레 설레기까지 한다. 사는 게 왠지 쓸쓸해지고 공허해진다. 가슴에 동공이라도 생겨난 것일까. 가을 기운이 냉기처럼 내 안을 파고든다. 이런 때 바닷가에 조그만 오두막이라도 한 채 있으면 싶지만 그럴 계제도 못 되고. 그렇다고 어디론가 훌쩍 떠나기엔 벌여놓은 일들이 발목을 잡고 놓아주지 않는다. 가을은 품에 안길 여유도 주지 않고 쌀쌀맞게 돌아서 가버리는 냉정한 연인이 아닌가. 그러니 내가 그 품속을 찾아 나설 수밖에.

이어폰을 꽂고 가을 음악을 선곡해 들으며 집을 나섰다. 바람 찬 들녘으로 무작정 발길을 옮겼다. 발길 닿는 대로 걷다보니 들바람인지 바닷바람인지 구분할 수 없는 저녁바람이 얼굴을 스친다. 돌아서면 바다요, 고개 넘어 산이니 육풍이면 어떻고 해풍이면 어쩌랴.

드디어 익숙한 바다가 눈앞에 펼쳐진다. 잔물결을 휘감아 올리며 흰 포말을 널려놓는다. 그러고 보니 참으로 오랜만에 왔다. 이 좋은 바다를 지척에 두고서 일상에 쫓긴다는 핑계로 정을 끊고 산 것이다.

초저녁임에도 산책로엔 오가는 사람들이 드물다. 어스름만 스멀스멀 바다와 하늘의 간극을 메워 갈 뿐. 내 마음속의 온갖 사념들도 어둠 속으로 잠겨버린다. 시야에서 명멸하던 만상들이 우주의 시공 속으로 침잠해 버린다. 그래도 잔물결 소리는 허공에 뜬 바다의 숨결처럼 내 의식의 한 꼬투리를 붙잡고 속살댄다. 한참을 몽상처럼 이 소리와 벗하며 어둠 속에 빠져들었다.

지난여름 끝물이었던 것 같다. 친구와 함께 지는 해를 아쉬워하며 바닷가를 거닐다 뭔가에 홀린 듯 바닷물에 뛰어들었다. 입술이 새파래지도록 멱을 감으며 바다와 한몸이 되었었다. 추운 줄도 모르고 나이도 잊은 채. 아마도 동심의 발동이었지 싶다. 파도의 춤사위에 몸을 맡기다 기력을 다 쏟고 나서야 뭍으로 기어 나왔다. 둘이 얼싸안고 우정의 온기로 몸을 데웠던 기억이 새롭다.

지난일을 회상하며 고개를 들어 밤하늘을 올려다봤다. 무수한 별들이 어둠 속에 제 실체를 뽐낸다. 크고 작은 별빛들이 금빛 은빛 요정이 되어 우주를 수놓는다. 우주는 적막이 아니라 영롱한 놀이동산이다.

"사람이 죽으면 또 하나의 별이 되어 저 별들과 함께 오순도순 살아간다."던 할머니의 옛이야기가 귓가에 맴돈다. 그래서 삶이 어려워지면 서둘러 하늘로 가려는 사람들이 늘고 있는 건 아닌가 하는 생뚱맞은 생각을 하기도 했다.

'이 별은 내 별 저 별은 네 별', 동생과 별 따먹기 하던 어린 시절 여름밤이 엊그제 같은데. 꿈인 듯, 생시인 듯 정신없이 살다보니 벌써 중년의 나이테를 두르고 이 어두운 밤바다에서 지난 세월을 추억하며 청승을 떨고 있다.

밤바다를 붉게 물들이며 졸고 있는 가로등 불빛 아래서 어깨를 겯고 밀어를 나누던 연인들도 기지개를 켠다. 바윗돌 위에서 망부석처럼 낚시하던 사람들도 서서히 낚싯대를 접고. 나도 가을 밤바다에서 시답잖은 궁상 그만 떨고 가족의 체온 곁으로 가야겠

다. 그래야 밤바다도 하늘의 별빛과 교호하며 저들만의 밀어를
맘껏 속삭일 테니.

3부 | 삶의 여유

"구닥다리 같은 지난 삶의 여유가 그립다. 뒤처져도 좋으니 제발 숨좀 돌리며 살았으면 싶다."

문명의 이기, CCTV

따뜻한 봄날 오후다. 눈꺼풀이 자꾸만 아래로 짓눌린다. 요즘에 잠은 충분히 자는 것 같은데도 오후가 되면 밀려오는 잠기에 곤혹을 치른다. 잠깐 소파에서라도 눈을 붙여볼까 하는데 낯익은 할아버지가 들어선다. 창백한 얼굴에다 다급한 모습이다.

"내 지갑 여기에 두고 간 것 같은데 못 봤어요?"

"무슨 말씀을 하시는지….."

"엊그제 옷을 찾으러 왔다가 돈을 꺼내며 지갑은 두고 간 것 같은데….."

다짜고짜 지갑을 찾아내란다. 지갑 안에는 현금과 카드가 있다면서 못 찾으면 큰일난다고 으름장이다. 오늘에야 돈을 쓰려고 지갑을 찾으니 없다는 것이다. 가게에 놔두고 간 기억이 분명히 떠오른다고 단정한다.

참으로 황당한 일이다. 어떤 이는 맡기지도 않은 옷을 내놓으라고 떼를 쓰더니 이분은 지갑을 내놓으란다. 장사를 하다 보면 별의별 일을 다 당한다더니…. 그렇다고 맞상대하여 싸울 수도 없고….

우리 가게에는 여러 대의 CCTV가 설치되었으니 조금만 기다리라 해 놓고는 관련 영상을 확인해 보았다. 어렵지 않게 할아버지의 모습이 담긴 영상을 찾았다. 할아버지와 함께 영상을 확인해 보았다. 한 손에는 옷을 들고, 다른 손에는 지갑을 꼭 쥐고 가는 모습이 또렷이 보인다. 그때서야 머리를 긁적이며 발길을 돌린다.

달포 전에는 어떤 아주머니가 제 옷을 찾아내라며 소동을 벌인 일이 있었다. 친구가 생일 선물로 사준 명품 옷이라며 분명히 이 가게에 맡겼다는 것이다. 옷을 받으면 개략적인 내용을 메모해 둠으로 장부에 없으면 맡기지 않았다고 설득해 봐도 막무가내다. 가게를 들쑤시며 찾아보아도 나오지 않자 돌아가긴 했지만 뒷맛이 개운치가 않았다. 그때도 CCTV만 있었다면 소란을 벌이지 않아도 쉽게 확인해 줄 수 있는 일이었다. CCTV에 대한 이런저런 말들도 많지만 우리같이 많은 사람을 상대해야 하는 업소에서는 꼭 필요한 문명의 이기利器다.

할아버지와 한바탕 입씨름하고 나니 노곤하게 밀려오던 잠기도 말끔히 지워졌다. 차나 한 잔 하려고 포트에 물을 붓고 보글거리는 소리를 기다리는 찰나에 낯선 남자 두 명이 들어온다. 형사라고 신분을 밝히고서는 가게 CCTV를 좀 봐야겠다며 양해를 구한다. 이 동네에 도둑이 들었다는 신고를 접수해서 도둑의 경로를 추적해야겠다는 것이다.

종종 있는 일이지만 우리 사회의 어두운 단면이 내 인식의 회로에 집적되는 것만 같아 안타깝다. 내 안에 머물던 행복의 씨알들이 이런 일들로 인해서 잠기가 달아나듯 사라져버리는 것 같기도 하다.

매스컴에서도 우리 사회가 점점 흉포해지고 있다는 보도다. 절도나 상해 사건은 비일비재하고, 강도나 살인 같은 강력 사건도 심심찮게 우리를 놀라게 한다. 청소년이 길거리에서 비행을 저질러도 못 본 체 피해야 하는 세태가 되어버렸다. 이러다간 야간에 집 밖에 나가는 것조차 겁나는 세상이 되지 않을까 두렵다.

행복의 가장 중요한 요소는 안전이다. 안전이 보장되지 않으면 마음 편히 살 수가 없다. 불안 속에 행복은 머물지 않는다. CCTV가 없어도 사는 데 불편이 없는 그런 사회. 우리가 바라는 세상이다. 그렇지만 날이 갈수록 안전에 대한 불안은 가중되기만 한다. 이런 불안을 야기하는 우리 사회 전반의 크고 작은 사건들은 뭔가를 쟁취하려는 과정이나 쟁취의 좌절에서 비롯된다. 상대적 가난이나 열등함을 이겨내지 못하는 데서 일어나는 분풀이의 한 행태랄 수도 있다.

상대적 차이나 다름에 대한 인간의 반응은 천차만별이다. 인간 내면의 복잡한 심리 구조 때문이다. 유전자를 공유하는 부모 자식 간에도 더불어 살아가기가 어려운 세태라는데 하물며 이합집산의 사회에서야 티격태격 다투며 사는 게 어쩌면 당연할지도 모른다. 문제는 인명 살상 같은 사회 공포 수준의 사건 사고들이다. 사회 안전망을 구축했다 해도 이미 그 한계를 드러내고 있으니 삶의 불안이 덧쌓이는 것이다.

이런 복잡다기한 사회 현상을 이해한다고 삶이 좀 편안해질까. 폰 소리가 울려서 수신 버튼을 눌렀더니 조금 전 할아버지의 음성이다. 잃어버린 지갑을 찾았다며 미안하다는 말을 되풀이한다. 일단은 안도의 숨이 새어나온다. 옷을 찾고 집에 가서 지갑을 소파에 놔두었는데, 할머니가 잃어버릴까봐 다른 곳에 두었다는 것이다. 나이가 들면 자꾸 잊어버리게 된다며 이해하라신다.

참으로 어이가 없다. 내 기분은 진창인데 이해하라는 한마디로 마무리하잖다. 모든 걸 자기중심으로 맺고 끊으려는 삶의 행태다. 생각 같아서는 좀 진중히 살라고 한마디하고 싶었지만 똑같은 행태일 것 같아 속을 쓸어내리고 말았다.

아무리 그렇더라도 늙음이니 이해하란 말은 쉬 받아들여지지 않는다. 늙음은 삶의 완숙 단계가 아니라 철이 없어지는 때란 말이 아닌가. 그러나 어쩌겠는가. 나도 늙음이란 가보지 못한 계단을 지나야 할 테니.

사랑의 마력

"사랑이 뭘까?"

"그냥 생각나고, 보고 싶고, 같이 있고 싶은 게 사랑 아닐까?"

"아니야. 사랑은 그런 맹물 같은 감정이 아니야. 같이 있지 않
으면 불안해서 숨이 막힐 것 같고, 옆에 있어도 끝없이 사랑을 확
인하고 싶고, 설령 한 몸이 되어도 내 것이란 믿음이 있어야 진짜
사랑 아닌가?"

"그거야 사랑이 아니라 집착이지."

"사랑과 집착이 뭐가 다른데?"

"그 사람을 소유하고 싶고, 나만의 것이고, 상대방의 완전한 소

유물이 되어주고 싶은 것, 그런 건 집착일 뿐이야."

"그래도 뜨뜻미지근한 감정놀음을 사랑이라고 부르기는 싫어. 불꽃처럼 강렬하고 뜨거워서 타버릴 것 같은 경지의 감정, 그게 진정한 사랑이란 생각이야."

우연히 엿듣게 된 여느 연인 사이의 열띤 대화다.

오늘은 할머니를 모시고 병원에 물리치료 받으러 가는 날이다. 여느 때보다 서두른다. 화장도 안하고 몸치장도 전혀 안하던 할머니가 사뭇 달라졌다. 외모에 부쩍 신경을 쓴다. 얼굴에 화색을 피우고, 옷에 꽃단장을 하여 나를 기다린다. 병원에 갈 시간이 안 됐는데도 빨리 가자고 보챈다. 할아버지를 빨리 만나고 싶은 것이다. 같은 시간에 물리치료를 받으며 가까워진 할아버지와 데이트하기위함이다. 사랑은 나이가 들어도 시들지 않는 감정인가 보다. 사춘기 소녀처럼 마음이 들떠있는 걸 보면. 함께 있는 것만으로도 행복해 보이는 두 분. 가끔 만나서 식사도 하고 오붓하게 커피도 마시며 인생토론도 열정적이다. 사랑에 열중하며 삶을 즐기는 모습이 근사하다. 늙어갈수록 사랑의 대상이 필요함을 역설하는 듯 삶에 생기가 넘쳐난다. 어느 연인들이 제 감정을 떠올리며 주고받는 이야기가 이 두 분에게도 어느 정도 들어맞는 것 같다.

병원에 안 가는 날이면 할머니는 나에게 할아버지 안부를 물어온다.

"할아버지 보고 싶으세요?"

알 수 없는 미소를 띠며 손사래 치지만 좋아하는 감정은 그대로 얼굴에 드러난다.

할머니의 애창곡도 바뀌었다. 예전에는 '여자의 일생'을 애달픈 소리로 부르시더니 요즘은 "야, 야, 내 나이가 어때서~~사랑에 나이가 있나요~~." 당당한 목소리로 흥겹게 불러댄다.

사랑에는 적절한 가식이 더해져야 제맛이 난다더니. 그 가식을 덧댈 수 있는 슬기와 기교가 필요함을 할머니는 이미 터득하고 있는 것이다.

사랑의 감정이 점점 아리송해져서 친구에게 메시지를 보내봤다. '사랑의 정체가 뭐야?'

돌아온 답장에는 하트 모양만 여럿 그려 있다. '사랑은 이런 거야.'라는 답을 기대했는데. 하트 안에 사랑의 모든 게 담겨 있다는 게 아닌가. 친구도 사랑의 정의를 선뜻 내리지 못하는 모양이다. 하긴 사랑이란 서로 다른 내면 형질을 가진 타인과 만나 상호작용하는 것이다. 인간의 내면 형질이 수십억 가지가 넘는다니 사랑이란 얼마나 복잡하고 오묘한 감정의 교류인가.

그런데도 어느 작가는 "사랑에는 후회도 없고 그 아픔조차 아름답기에 어떤 삶을 살든 사랑만큼은 미루지 말고 감행하라." 하신다.

나이가 들어 누군가를 만나 서로 사랑한다는 것은 바로 행복의 문으로 들어섬이다. 사랑의 설렘은 잦아들던 엔도르핀을 흐르게 하고, 삶에 활력을 불어넣어 준다. 사랑의 마력이다.

내 옆에 뜨겁고 간절한 사랑이 있다면 끝이나 결과는 별로 중요하지 않다. 오직 사랑하며 살아가는 과정, 그 삶에 의미와 가치가 있을 뿐이니. 그러기에 할머니와 할아버지의 사랑에 응원의 박수를 보내는 것이다. 사랑이란 끝 모를 블랙홀에 빠져 허우적 댄들, 그게 얼마나 황홀한 삶인가.

진한 커피 향이 내 심연 속으로 스며든다. 혼자 사랑의 속병이라도 앓은 사람처럼 커피 잔을 앞에 놓고 어둠 속을 응시한다. 창밖에 가로등 불빛이 늦은 여름밤을 밝힌다. 갑자기 외로움이 밀려든다. 할머니의 사랑앓이가 나에게 옮은 것일까. 깊은 밤, 잠은 오지 않고 실체도 없는 사랑의 그림자를 그려보며 소녀 적 감상에 젖어든다.

생각만 하여도 행복해지는 사랑. 할머니와 할아버지는 지금 꿈속에서 그런 사랑을 나누며 행복에 취해 있을 텐데….

오늘도 무사히

밖은 쌀쌀하지만 집안은 따뜻하다. 단열 때문이기도 하지만 한동안 머물다 가는 햇살 덕이 크다. 식구들이 일어나 활동하기 전에 아침 햇살은 창문으로 이미 들어 집안을 데워놓고 있다. 마음을 비운 만큼 세상이 온유하고 따뜻하게 느껴지듯, 대지를 녹여주는 햇살의 저 찬란한 광휘 또한 헐벗은 계절에 그 온기가 더 진하게 느껴진다.

'뚜, 뚜' 메시지 수신음이 몽롱한 내 아침 청각을 깨운다.

한 소녀가 다소곳하게 무릎을 꿇고 기도를 하고 있다. 천사 같은 모습으로. 그 옆에 '오늘도 무사히'라는 문구가 나를 응시한다.

친구가 나에게 보낸 메시지다.

하루를 무사히 보내고자 하는 것은 살아있는 모든 이들의 소망이다. 오늘이 무사해야 어제도 있고 내일도 있는 것. 생에 가장 확실하고 소중한 순간이 오늘이고, 지금이다. 사고가 많다 보니 가까운 사람들 사이에 무탈함을 비는 '안녕!'이라는 인사나, '오늘도 무사히!'라는 메시지가 오고간다.

자동차가 아니더라도 사고는 곳곳에서 일어난다. 하나밖에 없는 목숨을 언제, 어디서, 어떤 일로 잃게 될지는 아무도 예측할 수 없는 세상이다. 문명이 편의성에 비례해서, 아니 그 비례를 뛰어넘는 위험을 증폭시키고 있다. 편의와 안전을 도모해야 할 문명의 아이러니가 아닌가.

교통사고로 내 딸이 응급실에 있다는 연락이 왔다. 사고는 텔레비전이나 신문에서만 보는 줄 알았는데 내 가족에게 일어났다는 사실이 좀처럼 받아들여지지 않는다. 말문이 막히고, 숨쉬기조차 어려워진다. 이러다간 내가 먼저 쓰러질 것 같다. 이를 악다물고 병원을 찾아들었다. 하얗게 질려 아직도 떨고 있는 딸 친구들. 기쁜 일로 만났으면 얼마나 좋았으랴. 초조한 마음으로 대기실에 앉았다. 다행히 위험한 상태는 아니라는 담당 의사의 말에 힘겨웠던 날숨과 들숨이 조금씩 편해진다. 숨 가쁘다는 말의 뜻을 톡톡히 체감한다.

기다리고 있는 동안도 응급실은 바쁘다. 크고 작은 사고로 드나드는 환자와 보호자들, 의사와 간호사, 신음소리, 울음소리, 빠른 템포의 발걸음들. 옆 침대의 나이 지긋한 아주머니는 산소 호흡기를 매달고 아무 기척도 없이 누워있다. 위급한 상황인 모양이다. 나도 모르게 눈을 감고 아무 탈 없기를 마음속으로 빌어 본다.

사고는 불행이다. 온갖 사고들로 인해 고통 받는 사람들이 얼마인가. 사고가 많다는 것은 그만큼 그 사회의 불행지수가 높다는 의미이기도 하다. 상향곡선의 불행지수와 하향곡선의 행복지수. 그럴듯하게 매치되는 우리 사회의 부끄러운 자화상이다.

일반 병실로 옮겨져 잠만 자던 딸이 갑자기 울음을 터뜨린다. 정신이 맑아오니 상처의 고통과 그로 인해 다가올 신체적 이상이나 후유증 같은 것들, 직장과 일, 가족에 대한 미안함과 걱정…, 오만 것들이 한꺼번에 밀려드니 감당키 어려운 것이다. 그래도 정신은 온전하다는 반응이니 그나마 다행이다.

일 년에 한번 작품전시회를 위해 서울에서 내려오곤 한다. 직장 일을 하면서 간간이 그려 모은 그림들로 전시회를 하는 것이다. 이번 귀향도 전시회 때문인데, 갑작스런 사고로 모든 게 물거품이 됐으니 얼마나 마음이 쓰릴 것인가. 그 모든 것들이 울음으로 씻어낼 수 있다면…. 딸은 많은 생각과 걱정들을 눈물에 희석

시키고 있다. 자신의 존재를 움츠려 달팽이처럼 무아 속으로 숨어버리고 싶을지도 모른다.

울다 잠이 든 딸의 모습은 평온하다. 갑자기 산소 호흡기를 매단 응급실 아주머니 모습이 떠오른다. 혹시 떠났을지도…. 죽음이라는 것이 내 주위에 어른거린다. 이런저런 연유로 죽음 가까이 다가선 사람들, 인간사 한 치 앞도 예상치 못한다지만 죽음은 생명에 대한 가혹한 처사다. 한 생명으로 태어났으면 결국 한줌의 흙으로 돌아가는 게 자연의 이치라고 치부해 버리면 그만일 듯싶지만 그래도 죽음은 애달프다. 그러니 사람들은 애써 그걸 외면하며 사는 것이다. 죽음이 예고된 환자들만 생의 마감을 준비한다고나 해야 할지…. 그러나 건강한 사람 역시 죽음의 명에가 씌워진 환자들과 다를 게 없다. 더 오래 산다는 보장도 없다. 예고 없는 평안일 뿐이다. 하긴 그게 축복일지도 모르지만.

죽음은 이제 남의 일이 아니다. 그동안의 내 삶을 돌아본다. 나의 사소한 말과 행동들이 혹여 다른 사람에게 상처를 주지는 않았는지, 빚을 진 건 없는지, 고마움을 전해야 될 사람은, 내 삶에 소중한 것들은, 뒤끝을 흐리게 살지 말아야 하는데….

인간은 탈을 겪는 만큼 성숙해지는 존재인가 보다. 이번 일을 계기로 소소한 일상들이 소중하게 다가오고, 마음 또한 낮은 곳에 닿아 머문다. 그래도 죽는 날까지 미숙의 경지를 벗어나기는 힘들 듯싶으니, 지천명의 나이를 넘기면 뭣하나.

아, 내 존재의 철없음이여!

우담바라 소동

모 통신회사의 광고, "빠름, 빠름"처럼 올 한 해도 게 눈 감추듯 지나간다.

초하룻날 해돋이를 바라보며 느긋한 마음으로 많은 것들을 계획하고 염원했었다. 이제와 그것들을 반추해 보니 부끄럽게도 대부분 미완이다. 뜻은 거창했으나 실행과정이 미미했으니 작심삼일로 끝나버린 것이다. 그래도 더러는 마음고생하며 실천하려 애를 써 봤으니 그나마 그게 소득이라 자위해야 할 듯싶다.

일 년 동안의 내 삶의 궤적들, 허상에 춤추는 무당처럼 하루도 편한 날 없이 부산을 떨며 산 것 같은데 이루어 놓은 건 뭐 하나 내세울 만한 게 없다. 파고에 흔들리는 나룻배마냥 이리저리 쏘다니며 뒤뚱거려봤지만 무엇을 위한, 누구를 위한 삶의 요동이었는지 종잡을 수도 없다. 하긴 사는 게 별건가. 때로는 유행 따라 이리저리 기웃거려도 보고, 사람 따라 앞서거니 뒤서거니 종종걸음도 쳐 보고, 뭐 그런 게 삶이려니 하면 그만이다. 그런데 빠른 세월 탓에 내 나이가 너무 쉽게 더해져 가니 괜스레 신경질적 조급증만 생긴다.

낮에는 포근한 날씨이더니 밤부터는 기온이 영하로 떨어진다는 일기예보다. 때를 기다렸던 유한마담들은 고가의 털 코트에 명품 액세서리를 걸치고 거리를 활보하리라. 나처럼 유행에 뒤처진 사람들은 체감 온도에 맞는 옷을 입어야 할지 계절 패션에 어울리게 코디를 해야 할지 난감해진다. 실은 우리 고장의 겨울 날씨에 유명 브랜드의 비싼 코트나 무슨 동물 목도리 같은 게 별로 어울리지는 않는다. 그래도 남 따라 엇비슷하게 맞춰 입지 않으면 뭔가 부족한 것 같은 허전함. 그런 공허감이 몸을 더 움츠러들게 하니 옷가게 쇼 윈도에 절로 시선이 맞춰진다.

'나라고 별수 있나. 나도 그저 평범한 여자일 뿐인데.' 스스로 자신을 위로하며.

하얀 눈이라도 내렸으면 했는데 겨울비다. 창밖을 보고 있던 남편이 내 이런 궁상을 털어내려는지 들뜬 목소리로 나를 부른다.

"우담바라 꽃이 폈어!"

"화분도 없는 가게에 무슨 꽃이어요?"

"……."

혹시나 하여 남편이 가리키는 창문으로 다가갔다. 정말로 꽃의 형체가 보이는 것이다. 그것도 여덟 송이나. 윤곽이 또렷하진 않았으나 '우담바라 꽃'처럼 보였다. 하마터면 '심봤다!' 하고 외칠 뻔하였다.

'무슨 심봤다? 산삼도 아닌데.' 혼자 시부렁거리자 남편이 뭐라고 나무란다.

불심이 깊은 아랫동서에게 전화를 걸었다.

"우리 가게 창문에 우담바라 꽃이 피었어."

"뭐요?"

"우!담!바!라!" 또박또박 소리를 높였다.

"……."

응답이 없다. 너무 어처구니가 없나 보다. 그도 그럴 것이 '우담바라'가 흔한 꽃인가. 3,000년에 한 번 핀다는 불교 경전의 상상화인데. 동서는 내 전화를 받고 충격을 받은 모양이다. '우리 형님, 정신이 어떻게 된 게 아닌가?' 이런저런 생각에 다음 말이 막히나 보다.

나 혼자 북 치고 장구 치는 상상을 하는데 동서의 목소리가 들린다.

"예. 집으로 갈게요."

또 상상 속으로 빠진다.

'이 꽃이 우담바라라면 어떻게 될까? 아마 난리 통이 벌어지겠지? 발 없는 소문이 꼬리에 꼬리를 물고, 동네방네, 방방곡곡, 인터넷, 신문, 방송… 취재기자, 구경꾼들….'

아, 현기증이야. 몽상에 젖어 헤매는데 동서가 찾아왔다.

도저히 납득이 가지 않는다는 표정이다. 우담바라 꽃이 피어있다는 창문으로 다짜고짜 다가가서 유심히 쳐다보는 것이다. 아니라고 강하게 부정할 줄 알았는데 그러지 않는 게 오히려 신기했다. 몇 차례 카메라 셔터를 누르더니 의자에 앉아 나와 내 남편을 물끄러미 응시하는 것이다. 한동안 서로 얼굴만 쳐다보며 차를 마셨다.

"일단 전문가에게 문의해 보겠어요."

괜스레 번잡을 떤 것 같아 미안한 생각이 들었다.

우리나라에서도 우담바라 꽃이 피었다는 이야기가 종종 들린다. 그러나 불교 경전에 나와 있는 그 상상의 꽃 우담바라라는 걸 증명해 보이기는 어려운 일이다. 그것과 비슷하게 생겨난 곰팡이 뭉치이거나 잠자리 알이라는 주장이 더 설득력을 얻는 편이다.

그렇지만 본 사람이 없는 상상화이니 그 의미를 제멋대로 해석하고 덧씌우며 행운을 가져다주는 영험한 꽃인 것처럼 회자된다.

어떤 이는 감나무에서 감을 따다가 이 꽃을 발견했다고 한다. 처음에는 그냥 잡초인 줄 알고 뽑아버리려고 하다가 그 모양이 예사롭지 않아서 꽃을 연구하는 이에게 보여 우담바라 꽃이라는 걸 확인했다고 한다. 그 꽃을 본 후부터 순풍에 돛 단 듯 사업도 잘되고, 가족들도 모두 바라는 소원들을 성취하였다고 한다.

'믿거나 말거나'다. 혹여 우리 집 창문의 불가사의한 꽃 모양도 우담바라라면 행운을 가져다주지나 않을까 하는 소망을 떠올리다가 고개를 저었다.

며칠 뒤 동서가 찾아왔다. 거두절미하고 아니란다. 스님이 말씀하시길 우리 주위에서 발견되는 우담바라라는 것들은 곰팡이나 잠자리 알 뭉치란다. 쇄기처럼 생긴 잠자리 애벌레의 알.

우리 집 창문에 피어있는 우담바라 모양의 물체가 행여 로또 복권이라도 되는 것처럼 순간이지만 호들갑을 떤 내 자신이 참으로 부끄럽다.

동서 보기가 민망할 듯싶다.

'동서, 우리 좀 뜸들이고 천천히 만나!'

삶의 여유

긴 호스를 수도꼭지에 연결하여 화단에 물을 뿌려본다. 목마름
에 하늘만 바라보고 서있는 꽃과 나무들이 너무 가여워서 시도해
보는 궁여지책이다. 따가운 햇 살에 기진맥진 시들어가는 그것들
에게 내가 할 수 있는 일은 한줄기 생명수를 뿌려주는 것이다. 바
쁜 일상에 짬을 내고 베푸는 아침 자선활동이라고나 할까. 마침
출근하던 동네 아주머니 한 분이 인사를 건넨다. "보는 것만으로
도 시원합니다. 바쁘신데 좋은 일 하시네요." "예. 제가 샤워하는
것만큼이나 시원합니다." 대답을 하고 나니 정말로 시원하다.

오늘은 아침의 여유 시간을 기분 좋게 활용한다. 이런 날은 왠

지 좋은 기분이 오랫동안 유지된다. 이래서 아침에 일찍 일어나 하루를 서두르는 사람이 성공 확률이 높다고 하는 것일지도 모른다. 그렇지만 아침은 어른아이 할 것 없이 대체로 바쁘다. 아침밥도 먹는 둥 마는 둥 서둘러 직장이나 학교로 나가야 한다. 가족끼리 오순도순 이야기를 나누거나, 서로 사랑을 주고받을 겨를이 없다. 내 생활도 대부분 이랬다. 풍요 속의 빈곤이라고나 해야 할지…. 이따금씩 무엇을 위해 이리 바쁘게 사는 걸까? 자신에게 물어봐도 신통한 생각은 떠오르지 않는다. 그저 숙명이려니 체념하며 사는 것이다. 우리의 삶에 경쟁이란 살기다툼이 사라지지 않는 한 삶의 여유란 기대하기 어렵다. 아예 법으로 쉴 시간을 정해 놓으면 모를까. 일에 욕심을 부리는 사람에게는 벌금을 내게 하는 따위의.

가끔 이런 생뚱맞은 생각을 하며 웃고 넘겨보지만 내 일상은 조금도 헐거워지지 않는다. 그나마 치다꺼리할 아이가 없으니 짬을 낼 수 있는 아침에 한가를 즐기려 애쓴다. 오늘처럼 누가 반가운 인사말이라도 건네주면 신명도 난다.

오늘 길을 걷다 우연히 친구를 만났다. 예전에는 가끔 만나서 차도 마시며 이런저런 얘기를 나누던 사이다. 서로 바쁘다 보니 한동안 연락이 닿지 않아 잊고 살았다.

"그동안 잘 지냈지?" 그녀는 반갑게 다가오며 내게 안부를 물었다. 나는 순간 주춤했다. '누구지?' 아무리 머릿속을 헤집어 봐도 얼른 생각이 나지 않는다. 아는 척을 해야 되는지 그냥 모르는 사이로 넘어가야 하는지 분간이 서지 않아 몹시 당황했다. 응답이 없자 그녀의 얼굴은 삽시간에 홍당무처럼 빨갛게 변한다.

"나 모르겠어?" 그녀는 어이가 없다는 듯이 나에게 손사래 치면서 다음에 만나면 알은 척도 하지 말라며 매몰차게 돌아서서 가 버린다.

분명 낯익은 얼굴인데 이름이 생각나지 않는다. 그런데 그녀의 모습이 사라지려는 순간 갑자기 떠오르는 게 아닌가. 내가 바쁘게 살다보니 친구의 얼굴을 잊은 것이다. 황급히 불러 세우고는 "너무 예뻐 몰라봤잖니. 미안해." 달려가 그녀를 붙잡고 싹싹 빌었다. 아닌 게 아니라 그녀의 얼굴이 많이 달라졌다. 머리부터 발끝까지 내가 알고 있던 친구의 모습이 아니다. '나와 다른 삶을 살고 있나?' 괜히 자신이 초라해진다. 자신의 삶은 감출 수가 없다더니 내 꼴만 우습게 됐다. 내가 먼저 알아보고 느긋하게 말을 걸어야 하는 건데…. 이 또한 바쁘게 사는 조바심 탓에 생긴 해프닝이다.

며칠째 머릿속이 뿌옇게 흐려지더니 어제 오늘은 아예 까맣게 아무것도 생각나지 않는다. 요즘은 이런 현상이 잦다. 이러다가 내 머릿속의 기억들이 몽땅 사라져 버리지나 않을지 겁이 난다.

메모해 두지 않으면 들은 것을 쉽게 잊어버려 낭패를 볼 때가 많다. 읽은 책 내용이나 눈으로 확인한 것들도 금세 가물가물한다. 몸과 마음의 이상 신호다. 쉬는 것밖에 다른 처방이 없다는 걸 알면서도 일을 놓지 못한다. 사업이란 내 맘대로 접었다 폈다 할 수 있는 게 아니다. 고객의 마음에서 한 번 멀어지면 영원히 회복되지 않는 게 요즘의 사업 생태다. 바빠도, 힘들어도 안으로만 삭여야 한다. 그래서일까? 요즘은 '바쁘다'는 말 대신 침묵 모드로 불평을 삭인다. 하긴 '바쁘다'는 불평 이면에는 할 일이 많다는 드러나지 않는 즐거움도 얼마쯤 내포해 있으니 견딜 만하다.

생각해 보면 어려서부터 내 삶에 할 일이 끊이질 않았던 것 같다. 공부, 직장, 결혼, 출산, 사업, 문학, 등등…. 아마도 죽는 날까지 내 일은 끝이 없을 듯싶다. 죽고 싶어도 죽을 겨를이 없다는 말은 나를 두고 한 말인 듯하다. 거기다 일상의 기기들까지 바쁨에 가세한다. 빠른 처리 속도로 무한 변신하며 내 삶을 더욱 빠르게 다그친다. 머리가 핑핑 돌 정도로 세상은 가파르게 변해간다. 온갖 선전 매체들도 변화에 적응하지 못하면 낙오된다며 호들갑이다. 삶의 편의를 위한 것들이 되레 인간의 상전 행세다. 이제 느림은 철지난 사치일 뿐이다. 싫든 좋든 그것들의 기능에 맞춰 살아야 할 처지다. 자의든 타의든 점점 따라가기 힘든 세상이 되어간다. 저마다의 삶의 스트레스를 세상을 향해 쏟아낸다. 그러니 우리 사는 세상은 더욱 시끄러워진다. 삶의 맛과 멋을 느끼며 산다는 건 흘러간 옛이야기다. 부족했지만 한편으론 여유로웠던 지난 삶이 풍요 속의 일의 노예가 되어버린 오늘의 삶에 자꾸만 떠오른다.

구닥다리 같은 지난 삶의 여유가 그립다. 뒤처져도 좋으니 제발 숨 좀 돌리며 살았으면 싶다. 밭에서 일하다 나무그늘에 앉아 땀들이며 부르던 어머니의 구성진 노랫가락처럼. 점심 밥상 물린 다음 문지방 베고 누워 읊던 아버지의 코 고는 소리같이. 친구 손잡고 흐느적거리며 오갔던 등하굣길의 여유를 닮은. 꿈에서라도 다시 되돌리고 싶은 추억의 속도들이다. 다시는 그런 느림 속으로 다가갈 수 없음에 그리움만 더해간다.

푸념이 늘어간다거나 과거를 쉬 떠올리는 건 늙어가는 징조라는데 내가 그 꼴인가 보다. 아직은 청춘이고 싶은데.

고향이 그리워도

결 고운 봄 햇살이 아침을 연다.

수줍은 목련 꽃봉오리가 고운 햇살에 단장하고 청아한 모습으로 내 눈에 든다.

4월임에도 꽃샘추위는 기승을 부린다. 일찍 세상 구경을 하려던 봄꽃들이 다시 봉오리 속으로 숨어버릴 듯 앙당그린다.

모처럼의 봄볕에 해묵은 먼지를 털어내려고 집안청소를 시작했다. 겨우내 쌓인 먼지 더께에 방안 가구들이 수난을 당한다. 털고 닦고, 쓸어내리니 집안은 전쟁 아닌 전쟁터가 되어버렸다. 잠시 허리를 펴고 장롱 위를 정리하는데, 뭔가가 손에 잡혔다. 먼지를 수북이 둘러쓴 앨범이었다. 손으로 먼지를 대강 문지르고 앨범 속의 사진을 살폈다.

남편과 데이트 시절, 아이들의 어린 시절이 차곡차곡 정리되어 있다. 나도 모르게 입가에 미소가 번진다. 빛바랜 여러 장의 흑백 사진들 중에서 유독 내 눈을 끈 한 장의 사진 속 인물들, 다섯 명의 남자와 한 명의 여자. 그 여자가 바로 내가 아닌가. 나머지 남자들은 외사촌 오빠와 그 친구 분들. 이 사진이 어렴풋한 기억을 좇으며 나를 유년시절로 안내해 준다.

나의 외가는 경기도 평택이다. 친정어머니가 태어나고 결혼 전까지 살았던 곳이다. 이곳 제주에서는 꽤 멀다. 그 시절에는 배 타고, 차 타고 1박 2일은 걸려야 갈 수 있는 곳이다. 요즘은 교통수단이 좋아 한나절이면 족하지만.

나는 방학이 되면 남동생을 데리고 외가에서 보내곤 했다. 제주에서 목포행 배를 타고, 목포에서 다시 서울 가는 호남선 완행 열차에 몸을 실어야 했다. 배안에는 많은 사람들의 북적였다. 한잔술에 취한 듯 고래고래 떠들어 대는 사람, 그런 와중에도 드렁드렁 코 골며 자는 사람, 끝없는 수다로 날밤을 새는 사람….

갈아탄 열차도 느려터지긴 매한가지였다. 그런 주제에 거칠 곳은 하나도 빼놓지 않고 멈춰 섰으니, 비행기라며 서울과 제주를 너댓 차례 왕복하고도 남을 만한 시간을 빼먹고서야 겨우 목적지에 닿곤 했다.

"얼음과자 사려! 달걀 사려!" 좌판 위에 먹음직스런 군것질감들을 실은 리어카가 통로를 오갔다. 군침 흘리는 동생을 바라보며 주머니에 꼬깃꼬깃 감춰뒀던 비상금을 꺼내어 군것질했던 그 맛, 지금도 잊을 수가 없다.

기차에서 내려 버스를 갈아타도 두 시간 정도는 더 걸렸다.

꼬불꼬불한 시골길을 따라가노라면 차창 밖으로 나타났다 사라지는 풍경들, 노랗게 익어가는 벼이삭, 우스꽝스럽게 생긴 허수아비, 빨간 고추가 익어가는 함석지붕, 할머니 뒤를 졸졸 쫓아다니는 귀여운 강아지…. 마치 한 편의 영화를 보는 듯, 내 눈은 한동안 호사를 부렸다.

버스정류장에 도착하면 사촌오빠와 여동생, 외숙모는 이미 마중 나와 있었다. 수건을 두른 외숙모 얼굴이 지금도 또렷이 떠오른다. 돌아올 수 없는 먼 길을 떠나셨기에 다시는 뵐 수 없는 분이지만 내 기억의 한 켜에 늘 잠들어 계신다.

사촌 오빠들과 논두렁에서 갓 잡은 붕어로 매운탕을 끓이며 통기타 치던 그 시절, 노래하고 춤추고 깔깔대던 그때의 그 모습들이 지금도 선하다. 그리운 사람들은 떠났어도 추억은 남는 것. 세월이 흐르면 더 소중한 사람들과도 영영 헤어져야 하는 게 우리의 인생이니 어쩌겠는가. 어쩌면 우리네 인생은 모두가 슬픈 영화의 끝맺음 같은 것인지도 모른다. 그래서 생은 허무하다 했나 보다. 살아 움직이는 이 순간을 더 소중하게, 지금 만나고 있는 사람들과의 인연을 아름답게 가꾸며 살아야 하리라.

내 나이도 이제 지천명의 문턱을 기웃거린다. 누군가는 인생 40이 지나면 여생이라 했으니 그 셈법으로 치면 내 삶은 이제 덤이 아닌가. 사진 속의 오빠들도 지금쯤 주름진 얼굴에 희끗희끗한 새치가 더 어울리는 나이가 됐을 거란 생각에 갑자기 코끝이 찡해온다.

흘러간 노래처럼 "고향이 그리워도 못 가는 신세….".이니 오늘 밤에는 꿈속에서나마 고향 땅을 밟고, 그리운 사람들을 만날 수 있길 기대하며 잠을 청해본다.

여자들만의 내밀한 공간

밖에서 들려오는 아이들의 재잘거리며 웃는 소리에 창문을 열었다. 아이들의 웃음소리는 내 보금자리를 거쳐 골목을 헤집으며 동네방네로 퍼져나간다. 어른들과 아이들이 일터로, 학교로 나가며 웃음꽃을 피우는 집 앞 골목길의 아침 풍경이다. 분주함 속에서도 아이들은 웃음거리를 만들어 낸다. 그러니 어느 작가는 행복해지려면 동심을 잃지 말라 한 것이다. 아침 햇살이 오늘처럼 고운 날은 내 마음도 천진한 아이가 된다. 기분은 새털처럼 가벼워지고, 여기에 골목길에서 전해오는 아이들의 생기까지 덤으로 얹어졌으니 내 삶의 둥지에는 행복의 기운이 뭉게구름처럼 피어오른다. 이게 행복의 거리, 스위트 홈이 아닌가 싶다.

창문으로 내려다보니 앞뜰에 심어놓은 달리아가 탐스런 꽃을 도도하게 피워 올렸다. '당신의 사랑이 나를 아름답게 합니다'라는 꽃말처럼 내 사랑의 자양분으로 피어난, 행복의 메신저다. 나도 한때는 저 도도한 달리아 꽃처럼 스스로를 예쁘다고 생각하며 살았다. 아마 대부분의 여자들도 비슷하겠지만. 그러니 민낯으로도 당당할 수밖에. 이제는 좋은 화장품을 덧칠해 보아도 윤이 나지 않는다. 매끄럽고 탄력 있던 피부는 녹슨 간판처럼 세월의 풍상에 바래지고 거울 앞에 서면 내 얼굴이 왠지 낯설게 느껴진다. 언제나 젊고 예쁘리라는 생각, 얼마나 교만한 착각이었던가. 그러나 어쩌랴. 성숙 다음에는 시듦이 생의 순리이거늘. 그냥저냥 받아들이며 사는 수밖에. 그래도 때 빼고 광 내면 혹여 더 예뻐지지 않을까 해서 나는 자주 이곳을 찾는다.

여자들만의 은밀한 공간. 나이가 많고 적음에 상관없이 서로 어울려 재잘대다보면 자신이 처한 상황마저도 잊어버리는 휴식의 요람이다.

이곳에 오면 세상 사는 이야기들이 난무한다. 피부에 좋다는 민간 미용법에서부터 자식 자랑에 남편 흉보기, 첫사랑에서 불륜을 넘어 시어머니 험담까지. 끝이 없는 수다에도 지겨워할 줄 모르는 놀라운 집중과 관심. 때로는 심각하다가도 귀청이 찢어질

듯, 배꼽이 튀어나올 듯 파안대소하는 폼이라니. 부끄러움 같은
건 태어날 때 이미 다 털고 나온 사람들 같다. 여자가 나이가 들
면 낯짝이 두꺼워진다더니, 철판으로 낯가림을 했나? 어떨 땐 '나
도 설마 저런 모습일까.' 하는, 실망과 걱정이 교차하기도 한다.
그러고 보면 난 아직 주위 시선에 면역이 덜된 애송이인가 보다. 그
래도 제 안을 뒤집어 털어내듯 까발리는 모습들을 보는 것만으로
도 얼마나 속이 후련한지. 그래서 나도 모르게 이곳에 자주 드나
들게 되나 보다.

　직업과 삶의 양태가 제각각이니 이런저런 신기한 정보도 무궁
무진 쏟아진다. 생활의 지혜도 엿들을 수 있고. 힘든 삶의 이야기
를 들을 때면 난 참 행복한 여자로구나 하는, 자기 위안도 생겨나
고. 정이 그리운 사람들도 이곳에 오면 이 세상은 나만 외롭고 쓸
쓸한 게 아니라 엇비슷하게 사는 사람들이 대부분이란 걸 알게
된다. 그렇고 보면 여자들의 수다는 쓸데없는 지껄임이 아니다.
삶의 응어리를 위안과 자기애로 치환하는 적극적인 삶의 방편인
것이다. 어느 의료상담 프로그램에 '수다가 치매예방에 효과가
있다.'고 하더라며 수다의 미학을 강조하시는 앞집 할머니. 이를
열렬히 지지하는 옆집 아줌마.

　우리 동네 할머니와 아주머니들은 내 삶의 든든한 후원자들인
셈이다. 내 삶의 방향타가 되어주기도 하고, 때론 힘을 북돋워주

기도 하니. 편안한 농과 해학으로 펼쳐 보이는 저들의 삶의 진면목을 부담 없이 보고 듣노라면 이보다 더 좋은 인생 공부를 어디서 하나 싶은 생각이 든다. 클래식한 공연장에서 품격을 따지는 강의보다 뿌옇게 김이 서린, 조금은 질탕한 이 욕조가 좋다. 체면과 격을 벗어버린 알몸. 더 이상 얹거나 뺄 것이 없는 적나라함. 그런 모습으로 자신의 내면을 까발리니 긍정하고, 공감하고, 믿게 된다. 아마 이곳에서 쏟아내는 수다들을 가감 없이 모아놓으면 재미있는 '수다전' 몇 권쯤은 쉽게 엮어 내리라.

나는 오늘도 이곳에서 몸의 때보다는 육체의 피로와 정신적인 스트레스를 말끔히 씻어낸다. 또 다른 일거리를 향해 신나게 나아갈 수 있는 에너지를 충전한다. 그리고 보면 욕탕, 그곳은 여자들의 나신을 씻는 내밀한 공간이라기보다는 내면의 생기를 돋우는 활력충전소라 해야 더 어울릴 듯싶다.

뾰족구두

올해의 3월도 다가오는 4월에게 자리를 내어 주려 한다. 햇살
이 따스하다. 내 몸도 무르익는 봄기운 속에 추위에 대한 방어의
빗장을 헐어버린다. 눈여겨보지 않으면 무심코 지나치게 되는 봄
의 전령들이 지천에 깔렸다. 매화, 살구, 개나리, 복수초, 할미
꽃, 진달래…. 수줍은 듯 청초한 꽃잎들을 봄바람에 내맡긴다. 어
떤 것들은 벌써 화려한 자태를 접고 힘겹게 줄기에 매달려 있다.
오는 듯 가버리는 게 봄이라지만, 아직도 동면 속에서 깨어나지
않은 생명들이 부지기순데 벌써 지는 꽃이라니. 그야말로 한 조
각 꿈같은 생애다.

외출하려고 신발장 문을 열었다. 나이가 들면서 굽 높은 신발은 외면하게 되지만 오늘은 왠지 멋을 부리고 싶다. 뾰족구두를 꺼내 신고 집을 나섰다. 아가씨들은 짧은 스커트에 나보다 더 굽 높은 구두를 신고 봄볕을 밟으며 사뿐사뿐 걸어 다닌다. 나이가 젊어서 몸이 가벼운가 보다. 나도 저런 때가 있었는데. 빨리 어른이 되고 싶었던 시절, 모든 걸 내 마음대로 할 수 있을 거라는 막연한 생각으로 어른을 동경했었다. 나이가 들수록 역할과 책임만 늘어난다는 걸 알아차렸을 땐 아차 싶었다. 어린 시절이 좋았다는 것을 깨달은 것이다. 그렇지만 되돌릴 수 없는 게 인생인 걸 어쩌랴.

뾰족구두를 신고 많은 시간을 걸었더니 체중이 발가락 끝으로 쏠리면서 발이 아파오기 시작한다. 나도 몰래 얼굴이 찡그려지고 숨소리가 거칠어진다. 안간힘을 써서 목적지에 도착했다. 살짝 발뒤꿈치를 들어올려 발가락을 꼼지락거려 본다. '이렇게 불편한 걸 왜 신고 왔지?' 후회해보지만 때는 늦었다. 멋내고 싶은 내 마음이 저지른 실수이니 원망할 대상도 없다. 뭔가에 실컷 울화라도 터뜨렸으면 좀 좋으련만. 그놈의 멋 때문에 내 몸이 큰 홍역을 치른다. 삶의 지혜를 깨닫기에는 아직도 애송인가 보다. 죽는 날까지 배워도 끝이 없는 게 인생살이라더니.

요즘은 계단을 오르내릴 때에도 발목이 삐끗하면서 넘어지기도 한다. 시멘트나 아스팔트 포장 도로를 또각또각 소리 내며 신나게 걸어 다녔던 때가 옛날 일 같다. 발밑이 딱딱하면 발바닥부터 정강이까지 시큰거린다. 뼈의 노화현상이란다. 친구들도 그렇다고들 하니 나 혼자만의 고통은 아닌 모양이다. 그나마 다행이지만 서글프다. 내 몸에 벌써 늙을 '老'자가 달라붙다니.

절뚝거리며 집으로 돌아갈 생각을 하니 걱정이 앞선다. 못 참겠다 싶어 가까운 신발가게에 들렀다. 모양, 색상, 굽 등을 꼼꼼히 살피며 발이 편할 것 같은 신발 한 켤레 골랐다. 그제야 안심이 된다.

사람의 몸은 어느 한 곳 소중하지 않은 곳이 없다. 그렇지만 발은 제2의 심장이라 할 정도로 우리 몸에서 중요한 역할을 한다. 몸을 지탱하는, 가장 혹사당하는 신체 부위이기도 하다. 건강한 발을 유지하려면 걷기에 편한 신발을 신는 것이 중요하다는 걸 알면서도 멋을 좇는 마음 앞에 몸이 고생을 치르는 것이다.

요즘은 정장에도 딱딱한 구두 대신 운동화를 신는 이들이 부쩍 늘었다. 남의 시선보다는 편안함을 추구한다. 실리를 챙기는 현명함이다. 나도 건강을 위해 편한 운동화를 신어야겠다. 부실해져 가는 하체를 그대로 방치하다가는 구제불능이 될지도 모른다.

새로 산 푹신한 운동화를 신었다. 뛰고 싶어진다. 그래 한 번 뛰어보자. 신나게!

대지를 밟고 힘차게 걸어봤다. 뾰족구두를 신고 뒤뚱거리며 걸을 때보다 얼마나 당당한가. 이게 나에게 딱 어울리는 진짜 멋이다.

이제는 생머리보다 파마를 해야 하고, 흰 머리카락을 감추기 위한 염색도 자주해보지만 그마저도 마뜩잖은 나이다. 몸 관리가 잘되면 어떤 옷을 입어도 맵시가 나지만 볼록 나온 아랫배는 어떤 치장으로도 가려지지 않는다. 꾸민 겉멋보다는 건강한 몸매가 더 아름답다는 걸 알지만 손쉬운 눈가림에 익숙하다보니 덧칠하고 꾸미는 데 수선은 떤다. 살림살이도 다르지 않다. 알찬 실속보다는 허세의 부풀림으로 눈속임하려드는 경우가 다반사다.

오늘 당한 뾰족구두의 수난이 나에게 많은 것을 일깨운다. 아무리 삶이 연출이라고는 하지만 남의 이목이나 체면 때문에 나를 위장하며 살지는 말아야 한다는 것을. 몸에 찰싹 달라붙는 티셔츠를 입었던 시절이 아무리 그리워도 이제는 발 편한 운동화에 헐렁한 티셔츠, 고무줄 바지가 더 어울리는 나이가 되어버렸다는 사실도.

생의 반환점에서

가족사진을 찍으러 사진관에 들렀다. 가족이 한자리에 모이기가 점점 어려워진다. 자식들이 보고 싶어도 쉽사리 만날 수 있는 형편도 아니다. 동영상으로 볼 수도 있지만 방안에 걸어두면 오며가며 볼 수 있겠다는 생각에 식구들이 의기 투합하여 모여들었다.

"해바라기처럼 활짝 웃어요." 사진사의 주문엔 무표정하더니 "예쁘게 찍어주세요." 딸의 애교 넘친 요청에는 모두가 웃음꽃을 피운다.

며칠 후, 사진을 찾았다. 자식들보다 내 얼굴을 먼저 찾으려 든다. 그런데 내 닮은 낯선 얼굴이 나를 기다리고 있는 게 아닌가. 나이는 속일 수 없다더니. 쉰 살의 나이테를 새겨 넣은 아줌마가 내 눈과 마주한다. 생경하다 못해 안쓰럽다.

빨리 어른이 되고 싶었던 때도 있었는데, 그 어른이 되고 보니 빠르게 지나가는 세월이 무서워진다. 세월은 나이의 속도에 맞춰 달린다는데. 시속 50하고도 몇 킬로미터를 더한 속도로 세월을 스쳐 보내고 있으니 현기증이 날 만도 하다. 나이 듦을 실감하지 못하다 그 쓰린 의미를 감내해야만 하는 나이가 되니 벌써 인생의 내리막이다. 하긴 젊었을 때는 쉰 살이라고 하면 큰 어른으로 여겼다. 내가 그 큰 어른, 지명지년知命之年의 나이를 넘긴 것이다. 어찌 내 몸인들 시들어가지 않을까. 생은 늘 풋풋함으로 충만할 것이란 자만은 어느 날 갑자기 허물어지고 만다. 생의 끝이라고 예고가 있으랴. 모두가 일장춘몽인걸.

"젊어서는 사진 찍는 걸 좋아하지만, 그게 싫어지면 나이가 들었다는 징후입니다."

사진사의 말이다. 누구나 젊게 살고 싶어 한다. 그런 모습을 보이고 싶으니 사진을 찍으려는 거다. 사진 속의 제 모습이 늙고 초라해 보이면 사진 찍는 게 부담일 수밖에 없다.

"사진이 왜 이래? 예쁘게 찍어 달라고 했더니 예전보다 안 나왔네! 다시 찍어야겠다."

"엄마, 쉰을 넘긴 나이인데, 이 정도면 젊게 나온 거야."

"아냐. 내 얼굴이 아니야."

"난 우리 엄마가 제일 예뻐."

옆에 있던 서른 살 아들이 위로의 말을 건넨다.

그래, 아들이 이렇게 장성했는데 내가 어찌 늙지 않으랴. 세월의 인고가 그려낸 흔적을 단순히 늙음으로 치부해 버려선 안 될 일이다.

집에 들어 오래전에 찍은 사진들을 꺼내 놓았다. 그동안 내 얼굴의 변천사를 살펴보고 싶어서다. 천진난만했던 10대의 학창시절, 교복을 입고 선생님들과 찍었던 빛바랜 사진들을 보니 만감이 교차한다. 주경야독. 낮에는 직장으로, 밤에는 야간학교로. 꿈을 키우며 열심히 공부했던 희망에 부푼 소녀 적이었다. 일하면서 공부한다는 것이 쉬운 일은 아니었지만 눈을 비벼 졸음을 쫓으며 학업에 매진했었다. 나를 가르쳐주신 선생님들이 기억 속에서 기어 나와 나를 다독여 주실 것만 같다. 선생님들도 낮에는 일하고 밤이면 피곤한 몸을 이끌고 나와 우리를 가르치셨다. 급여도 없이. 그 봉사의 열정은 우리보다 더했다. 그런 선생님들 덕에 지금의 내가 형성된 게 아닌가 하는 생각이 들어 가슴이 뭉클하다.

20대의 싱싱한 나이에 결혼하고, 젊음의 황금기였던 30, 40대에 애들 키우느라 갖은 고생을 하며 보냈다. 지금 생각해 보니 내 생의 꽃다운 청춘은 고생으로 지샜다. 젊은 나인데도 마른 얼굴에 눈까지 행한 표정을 보니 그 시절이 가엾다. 가게일 도우면서 아이들을 키우는 게 힘들었나 보다. 자식 농사만큼은 남 못잖게 지으려고 마음 다잡으며 살았으니 몸과 마음은 혹사당할 게 뻔하다. 그래도 자식들에게 삶의 본을 보이려 애썼던 시기였지 싶다.

산다는 것은 어쩜 채워지지 않을 욕망을 짊어지고 가는 고행일지도 모른다. 그걸 내려놓으면 홀가분할 것 같지만 그래도 그게 삶의 동력이니 죽어야 절로 내려질 숙명의 짐이다.

40, 50대의 나이는 내 안을 채워야겠다는 생각으로 책을 가까이한 세월이었다. 배움에 대한 욕망이 꿈틀대던 시기다. 시간이 날 때마다 책 속을 파고들었다. 혼자 있어도 외롭지 않았다. 책과 벗하다 보면 부자가 된 것 같은 충만함으로 게으름 필 여유도 없었다. 그러면서 글쓰기에도 매진했으니 지금의 내가 된 것이다. 뿌린 만큼 거둔다는 건 비단 농부에게만 해당되는 말은 아니다. 한세상 살아가면서 누구나 몸소 깨닫게 되는 진리다. 그 결과 수필가로 등단하는 기쁨도 누렸다. 낮에는 가게일로, 밤에는 문학 공부에 밤잠 설치며 책을 끼고 살았던 시간들이 엮어놓은 선물꾸러미다. 쓰고 지우며 수필 한 편을 완성하고 나면 마치 귀여운 옥동자를 해산한 것 같은 창작의 희열을 느낀다. 지금도 마음속의

희망 렌즈는 항상 '문학'에 포커스를 맞춰놓고 산다. 머잖아 한 권의 수필집을 세상에 내놓게 된다면 더 큰 희열을 맛볼 수 있으리란 믿음으로.

다시 사진을 본다. 지금의 내 모습과는 사뭇 다른 얼굴들이다. 젊음의 성장통으로 잠 못 이루던 시절이었다. 젊음은 좋지만 그 시절로 돌아가고 싶은 생각은 없다. 지금의 내 모습, 내 삶이 좋다. 내 관심으로 커가는 자식들, 내 사랑의 아교로 화목해지는 가족들. 일과 독서, 글을 쓰는 일들도 힘들지만 그 속에서 희열을 얻는다. 얼굴이 젊은 아줌마보다는 마음이 젊은 어른이고 싶다. 일과 사랑. 거기에 열정이 더해지면 마음은 늙지 않는다. 내가 추구하는 삶의 방식이다. 나이는 숫자에 불과하다는 말, 그것은 모습이 아니라 생각과 행동을 두고 하는 말이다.

내 몸은 이제 생의 반환점을 돌고 있지만 마음만은 아직도 청청하다. 꿈이 있기에 열정이 살아나고, 열정이 있기에 마음은 청춘이다. 더 큰 희열을 창조하기 위해 게으름의 사치는 아직 이르다는 마음으로 살아간다. 아름다운 흔적들이 쌓여갈수록 생의 기쁨도 배가될 터이니.

책방 나들이

"봄 처녀 제 오시네. 새 풀옷을 입으셨네. 하얀 구름 너울 쓰
고…."

산과 들은 〈봄 처녀〉 노랫말처럼 곱다. 예전에는 봄이 오면 봄
맞이 떠날 생각에 들떴는데, 요즘은 일감 덫에 눌려 눈코 뜰 새
없다. 가끔 친구가 보내주는 메시지로 봄맞이를 대신한다. 그런
와중에도 간간이 책은 펼쳐보지만 겉 훑기에 지나지 않는다.

며칠 전 어느 방송에 "주부님, 집안에서 청소 한 번 덜하고 책
을 읽으십시오."라는 멘트가 흘러나왔다. 그 공명의 여운은 내 안
에서 쉬 잦아들지 않는다.

결혼하기 전에는 서점에 드나들며 문학책들을 골라 읽곤 했다. 시, 소설, 희곡, 수필, 평론 가리지 않고 뒤적이다 맘에 들면 집으로 사들고 오기도 했다. 결혼 후에는 이런저런 핑계로 책과 멀어졌다. 취미생활로 이리저리 배우러 다니기도 하고, 가사에 육아까지 껴안고 살다보니 독서는 뒷전일 수밖에 없었다. 집안은 반들반들 윤이 나야 하고, 빨랫감들은 깨끗이 삶아 빨아서 햇볕에 말려야 직성이 풀렸다. 반복되는 생활을 숙명처럼 이고 살았는데, 청소를 덜하더라도 책을 읽으라니….

이제 자식들이 성인이 되고 나니 여유가 생긴다. 내 안을 들여다보는 기회도 잦아졌다. '이렇게 사는 게 과연 옳은가?' 내 삶에 회의도 인다. 안 되겠다 싶어 책방을 기웃거리기 시작했다. 삶의 해답을 책에서 찾아보려는 나름의 자신지책이다. 이젠 내 방에 책꽂이도 하나 들였다. 남들은 읽지 않을 책도 장식용으로 사서 진열해 놓는데 읽기 위한 책을 구입하는 건 고고한 마음의 양식이라고 자신을 세뇌한다.

책방 문을 열고 들어서면 책 냄새가 좋다. 뭐라 말로 형언하기 어려운 독특한 향이다. 배고픈 사람이 요리 냄새에 끌려 식당 앞을 지나치지 못하듯 새로 나온 신간 또한 책장이라도 넘겨봐야 내 안의 호기심이 잦아든다. 우연찮게 만나는 작가의 글을 읽다 글 매력에 빠져 헤어나지 못하기도 하고. 그들은 무슨 재주를 타고났기에 이런 좋은 글을 쓰는지 궁금해지기도 한다. 그들의 삶까지 엿보고 싶지만 그럴 수 없으매 서운한 마음도 생긴다. 여자애들의 인기 연예인에 대한 열광만은 못해도 작가에 대한 나의 관심도 만만찮다. 표피적인 끌림이라기보다는 그들의 생각이나 사상에 매료되는 것이다. 그럴수록 내 독서가 특정 작가에 편향되는 경향이 있긴 하다. 문학 장르 역시 수필이나 평론에 눈독을 들인다. 맘에 드는 사람과 친해지듯 수필을 쓰기 때문에 기우는 현상일지 모른다. 그렇다고 시나 소설을 외면하는 것도 아니다. 때로는 광고의 꼬드김에 끌려 선전하는 시나 소설을 읽지 않으면 시대의 낙오자가 될 것 같은 조바심으로 책장을 넘기기도 한다. 함축된 시어 속에 내재된 의미를 내 나름으로 정의하다 보면 나도 시인이 되는 기분이다. 소설 내용이 아무리 가상이라지만 그에 빠져들면 식음조차도 독서의 쾌감으로 대신해야 한다. 그래도 나는 수필의 글맛에 더 끌린다. 한 편의 수필 속에는 시의 서정성과 소설의 서사성을 겸용하여 직조한 작가의 지성과 경험이 아로새겨있다. 서정의 감미와 지성의 번득임으로 인생의 향기와 삶의 성찰을 더해 준다.

이제는 세상도 많이 달라졌다. 전자책이 나오면서 종이책은 점점 사라지는 추세다. 예전에는 책을 가방에 넣고 다니면서 버스나 지하철에서 읽는 사람들이 많았는데, 지금은 때와 장소에 구애받지 않고 손안에 핸드폰만 있으면 쉬 읽는다. 참으로 편한 세상이다. 그래도 나는 아날로그 종이 책을 선호한다. 손가락에 침을 묻히며 책장을 넘기는 그 맛, 예쁜 책갈피를 책장 새에 꽂아놓고 잠깐 눈을 붙여 상상의 나래를 펴는 그 행복은 종이 책이 아니면 느낄 수 없는 희열이다.

오늘의 삶은 경쟁을 넘어 살벌하기까지 하다. 한가와 평안을 즐기며 독서하는 게 오히려 어색할지도 모를 일이다. 그렇지만 바쁠수록 돌아가라는 말처럼 현실의 삶이 각박할수록 책을 가까이 해야 한다. 내면을 보듬지 않으면 외형적인 풍요 또한 허세에 지나지 않는다.

내 안은 채워지지 않은 배움으로 늘 허기를 느낀다. 이제 책은 내 삶의 동반자이자 정신적 허기를 채워주는 일용할 존재다. 책은 나에게 지식이나 교양 이전에 시공을 넘나들며 꿈과 낭만을 맛보게 하고, 멋진 로맨스의 주인공으로 만들어 준다. 감히 대면할 수 없는 지성들과 만나고 그들의 삶을 엿보게 한다. 그런 과정에서 자연스레 삶의 지혜가 스미고, 글감도 암시받으니 참으로 유익한 여가 활동이다. 어쩌면 이 봄은 나에게 봄나들이보다 책방 나들이에 더 빠지게 할 듯싶다. "책 없는 방은 영혼 없는 육체와 같다."했으니.

4부 | 거울 속의 내 모습

"자연산 얼굴이지만 나이에 어울리는 행동과 말씨, 단아한 옷차림에 웃음까지 곁들인다면 그게 저다운 아름다움이다."

유년의 추억 속으로

청량한 가을 햇살이 하늘 가득 쏟아진다. 수줍은 아가씨 볼처럼 발갛게 물든 크고 작은 단풍잎들이 갈바람에 흩날린다. 휴일이지만 동네 교정校庭이 사람들로 떠들썩하다. 어른과 아이들이 자연스레 제 구역을 정해놓고 신나게 놀고 있다. 축구하는 아이들, 배드민턴 치는 어른들, 놀이터에선 꼬맹이들이 모래성 쌓기에 여념이 없다. 한참을 보고 있으려니 아련한 유년시절의 추억들이 스멀스멀 기어 나오면서 내 발길을 당긴다.

운동장에 들어서서 울타리를 따라 걷고 있는 아주머니들과 합세했다. 구령대 앞에서는 인근 체육관에서 나온 아이들인 듯, 호각 소리에 맞춰 구슬땀을 흘리며 그들만의 독특한 준비운동을 한다. 준비운동이 끝나자 키 작은 순서로 줄 맞춰 달리기를 하는 것이다. 초등학교시절 체육시간을 보는 것 같아 호기심이 생긴다.

걷기를 멈추고 구령대에 기대섰다. 내 사념은 초등학교 시절로 달려간다. 그때의 친구들과 선생님들이 모두 이 자리에 와 있다는 착각에 빠져 이리저리 두리번거려 본다.

그때는 감히 올라설 수 없었던 구령대에도 올라가 보았다. 높고, 크고, 엄숙하기까지 했었는데, 오늘은 왠지 낮고, 작고, 만만하다.

조회시간에 콩콩거리는 가슴으로 전교생 앞에서 상을 받던 감격의 기억도 3D 영상처럼 눈앞에서 명멸한다. 교장선생님의 인자한 훈화의 목소리도 귓가에 아른거리고, 담임선생님의 칭찬의 말씀도 환청처럼 내 주위를 맴도는 듯하다.

조회 때면 키 작은 나는 늘 맨 앞줄에 서야만 했다. 선생님들의 시선에서 자유로울 수가 없었다. 키 큰 친구들이 어찌나 부러웠던지. 그 친구들은 뒷줄에서 선생님의 눈을 피해가며 장난도 치고, 이야기도 속삭이고….

구령대 옆에선 아이들이 공기놀이를 하였다. 조그만 손놀림이 현란했다. 다섯 개의 공깃돌을 손등에 올린 후 공중으로 던져서 잡아내는 놀이, 매끈한 바닥에 많은 공깃돌들을 뿌려놓고 하나씩, 둘씩 따먹는 놀이였다. 쉬는 시간은 어찌나 빨리 지나 갔었는지.

고무줄놀이도 인기순위 둘째가라면 서운할 정도였다. 제 키보다 더 높은 고무줄을 한쪽 다리를 치켜 올려 걸어 내리고는 팔짝팔짝 뛰며, 속옷이 보이든 말든 노는 데만 정신 팔렸다.

남자아이들은 말 타기나 공차기 같은 거친 놀이를 즐기면서 여자아이들의 노는 걸 곧잘 훼방 놓았다. 이성에 일찍 눈이 뜬 조숙아였던 모양이다. 허리를 낮춰서 살금살금 다가와 고무줄을 끊고 줄행랑치면 옹골찬 여자아이들은 끝까지 쫓아가서 사과를 받아 내기도 했지만 대부분 운동장 바닥에 털썩 주저앉아 울음을 터뜨렸다. 그때는 그런 남자애들이 어찌나 얄밉고 속상했던지. 지금도 생생한 그 개구쟁이 남학생 하나가 공교롭게도 내 시숙이 되었다. 가끔 지난 이야기들을 들춰내면 자기는 절대 아니라고 손사래 친다.

구구단을 못 외워서 방과 후까지 남아서 공부하는 친구들을 기다렸던 일, 창문을 기웃거리며 우쭐했던 기억도 주마등처럼 스쳐 지난다.

그때 그 친구들은 지금 어디서 어떤 모습을 하고 있을까? 양순이, 미숙이, 영희, 진자…, 철석이, 동구…. 즐겁고 신나는 일들이 수도 없이 많았었는데…. 문방구에 즐비하게 진열해 놓았던 검정고무줄, 필기구, 색종이, 고무풍선, 눈깔사탕, 호두과자⋯. 이맘때면 만국기 펄럭이는 운동장에서 청군백군으로 나눠 힘과 기를 겨뤘던 운동회. 그날의 홍시와 얼음과자의 맛은 지금도 잊을 수가 없다.

어린 날의 추억들이 갑자기 조각구름처럼 하늘로 떠올라 갈바람에 밀려 산산이 흩어져버린다. 아무리 붙잡으려 애를 써 봐도 되돌릴 수 없음에 유년의 추억은 동화 속의 그리움일 뿐이다. 그러나 내 코흘리개 적 삶이야말로 지금도 앞으로도 영영 흉내 내볼 수 없는 내 생의 한 조각 보석 같은 순수일지도 모른다.

햇살 고운 어느 휴일, 동네 교정에서 흘러간 추억들을 되새겨 본다. 시작은 즐거움이었으나 끝은 허망이다. 그리운 친구들, 천진난만했던 모습들. 비록 세월의 때에 절여 동안은 흐려졌겠지만 마음만은 그때의 동심이었으면⋯.

뽀돌이 길들이기

"일어나세요! 기상!!"

모처럼 쉬는 휴일 아침, 남편과 아들은 이불 속을 파고들며 "조금만 더…, 쪼 · 그 · 만…." 애원하듯 목소리까지 파묻는다. 베란다 창문을 열자 계절을 잊은 상큼한 실바람이 내 콧잔등을 스쳐 지나고 밖으로 나오라고 손짓하는 가로수 이파리들의 한들거림도 유난히 정겹다. 내 맘은 이미 콩밭을 목전에 둔 까투리다. 자고 있는 식구들을 재촉할 수밖에.

오늘은 오일장이 서는 날, 식구들과 강아지를 사러 가기로 약속을 했다. 내 쉬는 날과 오일장 날이 좀처럼 짝지어지지 않았는데 오늘은 운 좋게 맞아떨어진다. 그러니 오늘만은 나에게 주어진 찰나의 시간이라도 헛되이 보낼 수 없다.

차를 몰고 나섰다. 따스한 겨울 햇살이 차 안으로 기분 좋게 꽂힌다. 공항로 가장자리에 줄지어 서있는 나무들은 잎을 털어내고 앙상한 가지들만 삭풍을 견뎌내고 있다. 이월이라지만 아직도 겨울 냉기가 매섭다. 그래도 돌담 사이로 수줍게 고개 숙여 피어있는 수선화는 새봄을 알리려는 듯 내 눈에 윙크한다.

오일장 안은 벌써 사람들로 북새통이다. 열심히 살아가는 사람들의 땀 냄새, 살 냄새를 맡으며 내 삶을 다독이려 가끔씩 식구들과 이곳을 찾곤 한다.

며칠 전, 우리 집에 밤손님이 들었다. 남편의 오토바이를 훔쳐간 것이다. 이를 확인한 순간, 뒤통수를 얻어맞은 것 같은 충격으로 잠시 정신이 혼미해졌다. 멍한 느낌으로 몸을 가누기조차 힘들었다. 누구의 소행인지 밝혀지지 않아 알 수는 없지만 우리 집에 대해서 잘 알고 있는 면식범일지도 모른다는 생각이 드니 공포감마저 일었다.

"소 잃고 외양간 고친다."듯이, 강아지를 사려는 이유도 밤손님을 막기 위해서다. 애초에는 애견숍에서 사려고 했지만 우리 형편에는 너무 사치라는 생각이 들었다. 강아지값도 상상외로 비쌌지만 옷이며 부대비용도 만만치 않았다. 그래서 결국 오일장에서 사기로 결정한 것이다. 와 보니 귀엽게 생긴 강아지들이 참으로 많았다. 이곳엘 잘 왔다는 생각이 들었다.

남편과 아들의 강아지 고르는 폼이 사뭇 진지하다. 눈이 유난히 고운 강아지 한 마리를 골랐다. 아들녀석은 벌써부터 껴안고, 쓰다듬으며 야단이다. 하지만 나에게는 한 가지 고민이 생겼다. 마당에 내가 아끼는 꽃들이며, 난 화분들을 어디에 둬야 하나, 그대로 뒀다가는 저 녀석의 발굽에 살아남지 못할 텐데…. 내 걱정대로 첫 날부터 사고다.

요즘은 녀석 치다꺼리로 내 한가함을 몽땅 뺏긴다. 화분들은 녀석의 장난감이 되어 이리저리 굴러다니고, 마당에 심어있던 꽃들도 성하게 남아있는 게 별로 없다. 고민 끝에 온전한 화분들을 골라 옥상으로 옮겨놓는 수고를 감수했다. 그뿐이 아니다. 아침저녁으로 때맞춰 사료를 주고, 일정한 장소에 대소변을 누도록 훈련시키는 일, 더러우면 목욕시키고 털 고르기 하는 일도 제법 번거롭다. 상전을 들여놓은 꼴이다. 그러나 주인을 알아보고 꼬리치며 반기는 저 애교, 초롱초롱 빛나는 저 선한 눈망울, 하루가 다르게 의젓해지는 저 모습.

아직 서너 달밖에 안 된 어린 생명이기에 성장과 성숙의 속도는 놀랍다. 나와 우리 식구들의 보살핌만큼 저놈도 귀엽게 자랄 것이란 기대를 하니 자잘한 치다꺼리도 싫은 일만은 아니다. 하찮게 생각하기 쉬운 미물이지만 저것도 우리와 인연이 있어 우리 품에 들어온 것이 아닌가.

요즘 TV를 보다보면 키우다 버려지는 애완동물에 대한 보도가 꽤 많다. 길을 잃거나 병에 걸려 버려진 동물들, 처음에는 예쁘다며 안아주고 닦아주며 온갖 정성을 다하다가 싫증이 나거나 병들어 아프면 헌신짝처럼 버려지는 개, 고양이들. 선택을 했으면 끝까지 책임을 져야 하는데…. 아무리 미물이지만 그것들의 생사를 가볍게 여기는 사람들의 행태에 화가 치민다.

'뽀돌아, 넌 이제 우리 식구야, 오래오래 행복하게 함께 살자꾸나.'

앉은뱅이책상

꼭 갖고 싶은 것이 있었다. 다른 사람들에게는 있어도 되고 없어도 되는 물건일지 모르지만 나에게는 꼭 필요한 것이다. 값비싼 보석이나 화려한 옷도 아니고, 얼굴을 치장하는 화장품은 더욱 아니다. 그것은 어느 집에나 한둘씩은 갖고 있는 흔한 책상이다. 책도 읽을 수 있고, 가계부도 적고, 때때로 글도 쓰는, 나만의 책상. 그게 그렇게 갖고 싶었다.

얼마 전, 집 내부를 수리했다. 집의 구조로 볼 때 한곳에 붙박이장을 만들면 좋겠다 싶어 내 방에 그걸 설치했다. 내가 바라던 책상과 책꽂이도 함께 맞춰 넣었다. 책상이 너무 맘에 들어서 빛이 나게 닦아댔다. 방 내부도 돋보이고, 집안의 분위기도 품위가 더해진 것 같아 흐뭇했다. 종종 펼쳐보는 책들을 책꽂이에 가지런히 정리하고 의자에 앉았다. 중학교에 갓 입학할 때처럼 마음이 설렜다. 책을 펼쳐놓기만 해도 글자들이 머릿속으로 쏙쏙 들 것 같고, 컴퓨터 자판만 두드리면 명문장이 절로 빠져나올 듯 어지러운 머릿속이 깔끔하게 정리되는 느낌이었다.

하지만 그런 들뜬 기분이나 마음도 얼마 가지 못했다. 시간이 지날수록 의자에 앉아 있는 것이 불편하고 전에 쓰던 앉은뱅이책상이 그리워지는 것이다. 책상을 사면 놓을 자리도 마땅찮고, 필요한 때만 꺼내 쓰면 되겠다 싶어서 버려둔 밥상을 책상 대용으로 사용해 왔다. 읽고 쓸 일이 잦아지면서 멋진 책상을 하나 장만했으면 하는 마음이 생겨나더니 점점 간절한 마음으로 변해갔다. 이제 그 소원을 이룬 것이다. 그 고물 짝, 앉은뱅이책상은 다시 꺼내 쓸 일이 없을 것 같아 창고 깊숙이 집어넣었다.

그런데 그걸 다시 꺼내 마주앉았다. 바닥에 주저앉아 책을 읽고 글을 쓰는 것이 몸에 밴 탓인지 훨씬 편안하다. "세 살 버릇 여든 간다더니." 내 몸은 이미 바닥 체질이 되어버린 모양이다. 가벼워서 옮겨 다닐 수도 있고, 자리도 넓게 차지하지 않으니 나에게는 '딱'이었는데 그걸 놔두고 어린애처럼 새것을 들인 것이다.

어렸을 때도 아버지와 함께 앉은뱅이책상에서 공부했다. 아버지는 손수 문제를 만들어서 풀어보라 하시고는 답을 맞힐 때마다 책상 밑에서 알사탕을 하나씩 꺼내주었다. 일종의 공부에 대한 유인책이었다. 달콤한 사탕을 먹기 위해서 열심히 공부했던 기억이 새롭다. 손 안에 사탕이 많아지면 친구들과 나눠먹으면서 자랑도 했다. 겨울에는 따뜻한 아랫목에서, 더운 여름에는 시원한 마루에 책상을 들고나가서 공부를 하기도 했다.

내 마음을 사로잡았던 이웃집 친구의 앉은뱅이책상도 눈앞에 어른거린다. 비밀의 방처럼 소지품을 넣을 수 있는 서랍도 있고 책상 위에는 전과와 수련장도 놓아두었다. 친구의 집을 찾을 때마다 그 책상이 부러워 만져보고 쓰다듬었다. 친구 책상에 비하면 내 것은 서랍도 없고 낡고 작아서 볼품이 없었다. 그 시절에는 앉은뱅이책상도 없이 엎드려서 공부하는 친구들이 많았으니 불평은 엄두도 못 냈다. 그때부터 좋은 책상을 갖고 싶다는 간절함이 내 마음에 똬리를 튼 모양이다.

작은 과자 하나도 쪼개어 나눠 먹으며 재잘대던 어린 시절의 벗들은 그 시절을 기억하고 있을까? 안부조차 물을 수 없을 만큼 일상에 찌든 삶. 나 자신을 돌아보고 싶어 그동안 소홀했던 친구들에게 문자메시지가 아닌 종이 편지를 쓰기로 했다. 사각사각 종이 위를 달리는 연필 소리. 내가 직접 쓴 편지를 받고 마음이 콩닥거릴 친구의 모습은 상상만 해도 마음이 설렌다. 앉은뱅이책상 위에서 친구들 얼굴 떠올리며, 연필에 침 바르고 지우개로 틀린 글자 지우며 쓸 생각을 하니 입가에 미소부터 그려진다.

지나간 삶은 추억이 되고, 추억은 모두 아름답다. 그래서일까? 지난 삶이 그립다. 손으로 편지를 쓰고, 손가락으로 다이얼을 돌리던 아날로그 시대. 그 시절의 삶을 떠올리면 왠지 마음이 편안해진다. 컴퓨터나 핸드폰 같은 첨단 기기들이 손과 발의 아기자기한 일거리들을 모두 빼앗아버렸다. 어른들의 책상과 연필도 더 이상 소용이 없는 물건으로 밀려났다. 머리와 손발은 무뎌지고, 눈과 귀와 입만 정신없이 바쁜 세상이 되었다.

요즘은 음식점이나 찻집도 서구식으로 럭셔리하게 리폼된다. 그런데도 소박하고 아늑한 한식 구조가 점점 더 그리워진다. 지난 삶에 대한 향수일까? 친구끼리 둥그렇게 모여앉아 오순도순 차 마시며 담소 나누기엔 서구식보다는 고전적인 우리의 삶의 방식이 낫다. 생태적으로 체화된 우리 고유의 문화가 편안하고 정서에도 쉬 와 닿기 때문이리라.

명문이 절로 나올 것 같던 새 책상에 앉으니 오히려 생각이 엉뚱한 곳을 헤맨다. 이제 새 책상은 안방의 장식품으로 먼지나 뒤집어 쓸 일만 남은 듯하다. 앉은뱅이책상 앞에 푹신한 방석을 깔고 앉아 책을 읽다 등을 바닥에 대면 절로 꿈나라행이니 얼마나 간편한 삶의 방식인가. 행복은 필요의 충족이 아니라 불필요한 것들에서 자유로워질 때 생겨나는 감정임을 깨닫게 된다. 돈과 노동과 공간을 먹어치운 새 책상처럼 불필요한 것의 소유는 삶이 짐일 뿐이다.

노후대책

"엄마, 머리에 눈꽃이 피었네."

출근하던 아들이 내 등 뒤에서 하는 말이다. 뜬금없는 소리에 거울을 쳐다봤다. 흰머리가 많이 보인다는 농이란 걸 알아차리는 건 그리 어렵지 않았다.

요즘은 하루가 어떻게 지나가는지, 일주일이 어떻게 넘어가고 있는지 분간키 어렵다. 아침에 눈을 뜨면 고속 작동모드가 장착된 로봇처럼 내 몸이 빠르게 움직인다. 집에 있을 때나 바깥일을 볼 때나 다름이 없다. 간혹 왜 이렇게 사나, 자신을 책해 보기도 하지만, 내 성질머리는 변함이 없다.

오늘은 아들이 던진 농담에 큰 맘 먹고 집을 나섰다. 동생이 운영하는 미용실로. 바쁘다는 핑계로 미루었던 머리단장을 위해서다. 친동생은 아니지만 언니, 동생처럼 허물없이 지내는 사이다. 서로를 감추거나 보태어 설명할 필요가 없는 그런 사이니 뭔 말이나 주고받는다.

"언니, 보험 들었어?" 밑도 끝도 없는 질문이다.

"들기는 들어야 하는데 보험으로 해야 할지, 적금으로 해야 할지 고민 중이야."

"고민은 무슨, 아무거나 골라잡아. 나도 보험 하나 들었어."

"이율이 너무 낮아서…."

우리의 대화를 엿들은 것도 아닐 텐데 평소 알고 지내던 보험설계사 언니가 나를 찾아왔다. 요즘 경기가 좋지 않아 계약 실적이 부진하다며 작은 것 하나 들어달라고 애걸한다. 노후보험, 종신보험, 연금보험에 대해 장황하게 설명을 늘어놓으며, 보험신청서까지 내 앞에 내민다. 선뜻 대답을 할 수 없는 일이기에 일주일 정도 생각할 시간을 달라고 내가 외려 사정했다. 남편과 상의를 해봐야 하겠다며.

오래전, 남편 모르게 보험에 든 적이 있다. 사망 시 수익자를 남편으로 정하고, 3년쯤 지났을까 보험을 갱신해야 한다며 남편 핸드폰으로 문자 메시지가 날아든 것이다. 메시지를 확인한 남편이 나에게 핀잔을 줬다. 아무 상의도 없이 보험에 덥석 가입했다고. 끝까지 납입하지 못하면 원금도 안 나오는 게 보험이라며. 그러니 신중히 생각해서 결정해야 된다는 것이다. 일장 훈시인지, 연설인지를 묵묵히 들어야 했다. '나 혼자 호의호식 하려 든 것도 아닌데 왜 핀잔이람.' 잘했다고 칭찬 받을 생각이 없는 것도 아니었는데, 은근히 화가 났다. 그러나 어쩔 것인가. 내가 저지른 일이니 감수하는 수밖에.

퇴근해서 집에 들어온 남편에게 낮에 있었던 보험 이야기를 꺼냈다. 그때를 생각하면 무조건 반대할 줄만 알았는데 보험설계 내용을 찬찬히 살펴보더니 좋다고 동의하는 게 아닌가. 사람은 좀처럼 변하지 않는데 남편의 생각이 변하다니…. 하긴 얼마 전에 신문에서 '뉴 노말(New normal)시대'란 기사의 내용을 읽으며 경제에 문외한인 내 마음에도 파문이 일었다. 새로운 경제 질서로 저성장, 저소비, 저금리 등 경기 침체기에 들었다는 그런 이야기였다. 지금까지는 '올드 노말(Old normal)의 시대'로 고성장, 고금리 같은 경기호황을 누렸는데, 이제 끝이라는 것이다. 우리의 삶도 그런 경제 추세를 좆으며 살아야 한다는 암시로 읽혔다. 그러니 너도나도 움츠린다. 내일을 위해 오늘을 희생하는 어리석음을 되풀이하라는 주문 같아 떨떠름하다. 이럴 줄 알았으면 경제학에도 좀 관심을 둘걸. 인문학에 심취해서 날밤을 샜던 일이

멋쩍어진다. '남편도 이런 경제 흐름을 습득한 걸까? 하긴 주부인 나도 감을 잡았으니….'

이제는 내가 머리를 좀 굴려야 할 차례다. 어느 게 이득이고 안전한지.

종신보험, 노후보험, 연금보험, 적금…. 아무리 되뇌어 봐도 콕 찍어 선택하는 건 쉬운 일이 아니다. 하기야 인생 자체가 선택의 연속이지만 쉬운 게 없다. 애인의 선택에서부터 친구, 살 동네, 의식주, 쇼핑, 취미생활에 이르기까지. 내 머리 스타일도 내가 선택했으니 내 노후의 경제적인 삶에 대해서도 내가 선택하고 결정해야 하는 건 당연하다. 그래도 나에겐 남편이나 자식들을 잘 건사하는 게 더 든든한 노후대책이란 생각이 든다. 돈, 돈, 하지만 그게 삶의 전부는 아닐 테니.

항간에 떠돌다 한물간 '구구 팔팔 이삼사'란 말이 새삼 떠오른다. 99세까지 팔팔하게 살다가 이삼일 후에 죽음을 맞는 일. 그러기 위해서는 어떤 노후대책이 필요할까. 고민을 하나 더 안고 살아야 할 판이다. 평범한 주부가 항간의 위협 같은 권고를 뿌리칠 수도 없는 노릇이다. 그러나 산 입에 거미줄 치지 않는다는 말도 있다. 지나친 궁상은 든 복도 물리친다. 물 흐르듯이 자연스레 사는 게 정답이지 싶다. 너무 유난떨지 말고.

거울 속의 내 모습

열린 문틈 새로 가녀린 햇살이 기웃거린다. 내 삶도 초겨울 저 햇살처럼 무기력증에 빠져 흐느적거린다는 생각에 상념만 늘어간다.

언제부터였을까? 잡념들이 내 행동의 덜미를 잡고 태클을 건다. 당당함은 사라지고 사념의 늪에서 비틀거린다. 긍정적이고 발랄하던 옛 모습은 오간데 없고 망설임과 머뭇거림의 뒷에 눌린 듯 젖은 낙엽 꼴이다.

별것 아닌 추위인데도 몸과 마음이 움츠러든다. 차고 건조한 바람 때문인지 피부는 윤기와 탄력을 잃고 얼굴에는 주름만 늘어간다. 나이는 못 속인다더니. 얼굴에 아무리 화장을 해대도 거울에 비친 내 모습은 예전의 내가 아니다. 내가 아닌 다른 사람이 서있는 것 같은 착각에 놀라곤 한다. 재잘거리며 지나가는 젊은 여자들을 보면 부러움에 넋을 놓고. 나도 저들처럼 화사하게 피어나던 시절이 있었는지 기억조차 까마득하다.

책의 활자가 잘 안 보여 돋보기를 새로 맞출 때나, 흰머리가 생겨나 머리에 염색을 할 때도 나이 들어 그러려니 쉬 체념하는데, 거울 속의 내 얼굴에 얼기설기 얽힌 주름은 참을 수가 없다. 하루에도 몇 차례 거울을 보지만 요즘은 낯선 얼굴이 싫어 외면해 버린다. 머리에서 발끝까지, 현관에서 안방까지 번쩍번쩍 광을 내봐도 거울에 비친 내 얼굴의 거미줄 같은 주름은 걷히지 않는다. 세월이 새겨 넣은 기미나 주근깨, 깊어진 주름은 화장으로도 감춰지지 않는다는 것을 알면서도 쉬 받아들이지 못하는 어리석음이다.

어릴 적 내 별명은 깨순이였다. 지금도 그 별명을 꼬리표처럼 달고 산다. 비쩍 마른 몸에 얼굴엔 검은깨를 뿌려놓은 듯 주근깨 투성이였다. 나잇살 덕에 지금은 주근깨는 줄었지만 민낯의 얼굴을 들고 외출하기엔 용기가 필요하다. 갑자기 외출할 일이 생겨 그냥 나갔다가 피부과에 가보라는 동네 아줌마의 동정어린 충고를 듣기도 한다. 아줌마는 맑고 투명한 피부를 내보이며 은근슬쩍 자랑을 늘어놓기까지 한다. "레이저시술을 받았어!" 그녀의 말에 내 귀가 솔깃하여 피부과 의원에 상담을 해봤더니 비용도 만만찮고, 관리를 소홀히 하면 도로아미타불이 된다니 썩 내키지 않는다. 잠깐의 눈 호사를 위해서 투자하는 게 너무 아깝기도 하고. '반세기 넘게 버텨온 얼굴인데 그냥저냥 살지 뭐. 사는 데 지장이 있는 것도 아닌데.' 하는 쪽으로 마음이 기운다. "마음이 고와야 여자지 얼굴만 예쁘다고 여자냐." 내 생각에 응원의 노랫말을 덧대며 얼굴보다 마음이 고운 깨순이로 살기로 했다.

자기 얼굴에 만족하는 여자는 드물다. 그러니 태어날 때 부모에게 받은 소중한 얼굴을 뜯어고치는 것이다. 성형외과가 호황을 누린다. 능력이나 심성보다 외모의 가치를 더 인정하는 사회다. 성형은 선택이 아니라 필수일 수밖에. 외모 지상주의에 넋 놓은 시대다.

어렸을 때는 저마다 개성 있는 얼굴이었는데 대학을 졸업할 나이쯤 되면 여자들의 얼굴은 엇비슷해진다. 얼굴의 중심 부위인 턱이나 콧대, 눈꺼풀을 복사판처럼 성형하기 때문이다. 거기다 거울을 갖고 다니면서 잘못된 화장을 수시로 고치는 것까지 서로 따라 하기다.

나라고 다르랴. 나이 오십 줄을 넘기면 외모보다는 내면을 살펴야 한다고 마음속으로는 되뇐다. 늘어난 하얀 머리칼엔 어느 정도의 주름이 제격이라 생각하며 외모의 늙음은 자연스레 받아들여야 한다고 다짐한다. 그러면서도 화장으로 늙음을 감추려 안달이다. 아름다운 외모에 대한 욕망은 언제쯤 잦아들까? 몸의 나이는 가을인데 아직도 봄으로 착각하는 설익은 내 정신 나이 탓에 오늘도 거울 속의 내 모습을 받아들이지 못한다.

세월 속에서는 모든 게 무상이다. 동안을 노안으로, 사랑을 미움으로, 미움을 사랑으로, 생을 사로 넘겨버리는 게 세월이다. 세월의 위력 앞에 인간의 외모야말로 찰나의 가녀린 불꽃이다. 그런 세월의 위력을 감히 대적하겠다니, 얼마나 가소로운 일인가.

아름다움을 좋아하고 사랑하는 건 그것이 언젠가는 사라지기 때문이다. 아름다움이 영원하다면 그건 이미 아름다움의 차원을 넘어선 경지다. 동안도 머잖아 노안으로 변할 것이기에 부러워하고 동경하는 것이다. 해돋이가 아름다움이듯 해넘이도 미의 극치다. 젊음이 청초한 아름다움이라면 늙음은 원숙미라 여기며 살 수는 없을까?

웃는 얼굴은 상대방을 편안하게 하고 서로의 마음을 열게 한다. 얼굴이 밝으면 표정처럼 좋은 일이 생기지만 찡그린 얼굴을 하면 삶도 찡그려진다. 좋은 사람을 만나거나 좋은 일이 생기면 얼굴에 웃음꽃이 핀다. 웃음꽃은 마음이 피워내는 꽃이다. 얼굴을 통해서 상대에게 전달되는 마음의 메시지다.

자연산 얼굴이지만 나이에 어울리는 행동과 말씨, 단아한 옷차
림에 웃음꽃까지 곁들인다면 그게 나다운 아름다움이라고 자신
을 세뇌해 본다. 이 나이에 할 수 있는 최선의 방책이다. 거울 속
의 내 모습을 더 이상 외면한다면 마음마저 초라해 질 듯싶어서
다.

동행

　세모의 뒤안길, 곳곳에 잎 떨어진 나목들이 처연하다. 때를 놓친 낙엽 몇 잎 대롱대롱 힘겹게 매달려 떨고 있는 모습들이라니. 인생의 쓸쓸한 노년 같아 안쓰럽다. 눈이라도 한바탕 쏟으려는지 하늘도 끄느름하다. 이런 날씨가 그려내는 스산함이 집안 구석까지 스밈인가. 한 장 남아있는 달력도 이제는 자신의 역할을 다했다는 듯 마지막 종점에다 날짜라는 손님을 내려놓고 제 흔적마저 지우려 한다.

　바쁘게 살다보면 여유가 그리워진다. 하긴 여유가 있다고 다 좋은 건 아니지만. 그걸 즐길 줄 알아야 그 가치가 유용하게 쓰인다.

나는 내 뜻대로 되지 않거나 외로움이 밀려올 때, 할 일이 너무 많아서 도대체 뭘 먼저 해야 될지 망설여질 때면 무작정 버스를 타거나 나 홀로 발길 닿는 데로 떠돈다.

눈이 내리던 해 그믐 녘에 사려니숲길을 찾았다. 입구에 들어서니 하얀 눈 세상이다. 마치 동화 속 설국에라도 들어온 것 같은 착각에 빠진다. 아름다운 설경 사이로 영화 〈러브스토리〉의 장면들이 스쳐 지나는 환상이 인다. 내 기분은 영혼이 유체이탈이라도 하는 듯 떠오른다. 눈이 쌓이면 어린아이처럼 기분이 좋아지는 이유는 뭘까?

눈사람도 만들어보고, 눈싸움도 해보고, 발자국을 새기며 뽀드득 뽀드득 걸어도 보고…, 소녀 적 감수성이 되살아나기 때문일까. 아니면 세상의 탁한 모습을 잠시라도 지워주는 순백의 아름다움 때문일까.

갑자기 등 뒤에서 누가 부른다. 반사적으로 뒤를 돌아보니 등산복 차림이 아닌, 평범한 여행 복장의 나이 지긋한 아주머니 한 분이 따라오고 있다. 나에게 말은 건다.

"혼자 왔어요?" "아니요. 친구하고 왔습니다만…." 말투에 왠 쓸쓸함이 배어있다.

나도 말을 건네 본다. "혼잔가요?" "예. 가정 사정으로 잠시…, 가족들 몰래…." '가족들이 걱정할 텐데….' 대꾸를 하려다 말꼬리를 돌린다.

제주는 초행이라며 같이 다녀도 되겠냐고 조심스레 묻는 것이다. 온화한 미소에 매료되어 친구의 동의도 없이 동행을 흔쾌히 승낙해버렸다. 동행이 누구냐에 따라 우리의 삶은 그 맛과 향이 달라진다. 초면의 아주머니에 대한 새로운 맛과 향을 기대해서인지도 모른다.

'젊어서는 홀로 자식 건사하느라 고생하며 살았는데, 이제 인생 끝물이 되었지만 잘 지은 자식 농사 덕에 꿈을 이루었다고 생각했는데….' 혼잣말처럼 뇌까리다 만다.

무작정 어딘가로 떠나고 싶었다고, 누구하고도 엮이지 않고 오직 혼자이고 싶었다고. 제 삶의 굴레에서 떨어져 나오고 싶은, 아무도 모르는 곳으로, 의문과 호기심이 가득한 또 다른 길에 들어서고 싶은 마음뿐이었다고. 그러려면 용기도 필요했지만 그곳에 가면 새로운 것이 나를 반겨 주지나 않을까 하는 기대가 제 발길을 이곳까지 끌고 왔단다. 말하는 틈새에 자식들과의 불화를 조심스레 내비친다. 자식의 사회적 성공이 자식 농사의 성공은 아니라고 읊조리듯 되뇐다. 어쩌면 이 사회엔 내리사랑만 차고 넘치니 이런 불효하는 자식들이 넘쳐나는 건 아닌지.

이맘때면 나도 정처 없이 떠돌고 싶은 충동에 빠진다. 삭풍에 몸 사려 접은 가로수를 따라 정처 없이 걷거나 고적한 산속에서 낙엽들과 뒹굴며 놀고 싶기도 하고, 내 앞에 넓게 펼쳐진 길에서 조금은 벗어난, 한 번도 가보지 못했던 좁은 길, 내 길이 아니라는 생각에 머릿속에서만 맴돌던 그 길로 홀연히 들어가고 싶어진다. 내 안정된 삶의 도정에도 한 해를 넘기는 허탈감이랄지 무력감이 엄습해 오면, 낯선 길에 대한 호기심이 유혹처럼 나를 일으켜 세우는 것이다. 그러나 용기가 부족함인지 오늘도 나는 늘 걷던 익숙한 이 길에서 벗어나지 못하고 있다. 그러고 보면 그녀는 용기가 대단하다. 무엇이 그녀에게 그런 큰 용기를 준 것일까? 자식에 대한 믿음이 깨어졌을 때의 충격. 그것은 아마 천 길 낭떠러지로 굴러 떨어지는 고통이었으리라. 그러기에 가정을 박차고 낯선 길을 떠도는 게 아닌가. 세세한 사연을 차마 물어 볼 수는 없는 일. 아픈 상처를 헤집는 일이 될지도 모른다. 우리와 동행하면서 부디 그 아픈 상처에 치유의 딱지라도 씌우고 갔으면 하는 바람뿐이었다.

동행을 마치고 헤어질 시간이 되었다. 그녀의 뒷모습에 감출 수 없는 외로움이 묻어났다. 자식만을 위해 억척 하나로 버텨온 젊은 과부시절. 이제 나이 들어 자식에게 포근한 마음의 보상을 받고 싶었을 텐데. 개마저도 외면할 듯싶은 개떡 같은 인생이다. 그래서 인생은 요지경이라 했는지도 모른다. 친구는 화가 치미는지 간간이 눈을 흘긴다. 나도 힘겹게 거친 숨을 들이고 뱉었다.

머잖아 다가올 나의 모습은 어떨까? 내 자식들에 대한 치사랑의 기대도 일찌감치 거둬들여야 하는 건 아닐지. 동행한 아주머니로 해서 갑자기 내 미래도 뿌옇게 흐려진다. 그렇다고 미리 걱정할 필요는 없다. 유행가 가사처럼 한치 앞도 모르는 게 우리네 인생이니 호시절이 외려 날 기다리고 있을지도 모를 일이다.

딸의 빈자리

아들에게 편지를 쓰던 중이었다. 딸의 목소리가 갑자기 듣고
싶어지는 게 아닌가. 잠시 편지 쓰기를 멈추고 딸과 통화를 시도
했다. 귀여운 딸의 목소리가 들린다. 몇 마디 안부만 듣고 끊으려
하자 이번엔 딸이 더 이야기하잔다. 나에게 뭔가 할 얘기가 있는
게 아니냐며 말꼬리를 늘여가는 것이다. 순간, 난 말더듬이가 돼
버렸다. 잘못을 저지르다 그 심중을 들킨 사람처럼. 생각해 보니
늘 그래 왔던 것 같다. 내가 아쉬울 때만 얼른 통화하고 일방적으
로 끊어버리는. 품안의 자식을 떠나보낸 어미의 마음을 저들이
어찌 헤아리겠냐는 심정으로.

얼마 전부터 컴퓨터로 수필을 쓰고 있다. 그런 어느 날 '악성코드 ○○개가 발견이 되었으니 알약으로 치료하라.'는 메시지가 모니터에 나타났다. 구원해 줄 사람이 옆에 없으니 딸에게 하소연할 수밖에. 사연을 듣더니 시키는 대로 마우스를 움직이란다.

딸과 나의 대화 창을 마우스로 이리저리 눌러댔더니 마지막으로 '수락'과 '거절'이란 메시지가 뜬다. '수락'을 눌렀더니 원격조정 프로그램이 작동하는 것이다. 창을 열면서 하나하나 신통하게 치료해 나갔다. 잠시 후, 이제는 악성코드가 뜨지 않을 것이니 걱정하지 말고 글을 써도 좋다는 딸의 대견스런 음성.

지난여름엔 이런 일도 있었다. 글쓰기를 마친 시각이 새벽 2시쯤. 파일에 저장시켜 버리면 끝. 그런데 지금껏 써놓은 글이 가뭇없이 사라진 것이다. 다급한 마음에 잠잘 시간임도 잊고 딸에게 전화를 하고 말았다. 잠긴 목소리로 찾을 수 있으니 안심하란다. 말하는 대로 따라했으나 컴맹이나 별반 다를 게 없는 나의 실력으로는 역부족이었다. 허탈감과 딸의 빈자리에 대한 허전함이 온 밤을 불면으로 새게 했다. 딸이 함께 살 때는 파일 저장이나 사라진 파일 찾기 따위는 일도 아니었는데….

대학에 다닐 때에는 아르바이트해서 번 돈으로 어머니의 여행 경비를 보태기도 했다. "엄마의 신나는 여행을 위해, 사랑하는 딸"이라 적힌 하얀 봉투에 딸의 지문이 수없이 묻은 돈을 담아 내 손에 쥐여주는 게 아닌가. 나에겐 그 돈이 단순한 '쩐錢'이 아니었다. 딸의 수고와 열정과 사랑의 결정이었다. 한창 멋을 부릴 나이. 딸의 그 조그만 가슴에 품은 엄마에 대한 치사랑. 난 그만 눈물을 보이고 말았다.

공부 때문에 서울로 떠나보낸 딸. 미술을 전공하고 대학을 졸업했으나 워낙 좁은 지역이라 마땅한 일자리를 찾는 게 어려웠다. 그래서 둥지 밖으로 내보내긴 했지만. 전화를 끊고 딸이 쓰던 방으로 건너갔다. 딸의 그림과 화구들이 한눈에 들어온다. 어디선가 불쑥 나타나서 나를 놀라게 할 것만 같아 주위를 두리번거렸다. 옷장을 열어 보았다. 옷 몇 벌이 대롱대롱 걸려있다. 딸의 체취라도 맡아보려고 축 늘어진 바지 끝을 코에 대봤다. 손으로 만지며 딸의 촉감인 양 위안을 삼을밖에. 이 공간은 늘 딸의 따스한 체온이 감돌고, 달콤한 살 냄새로 채워졌었는데…. 이제는 꽉 차 있던 옷장도 비고, 내 가슴 속도 휑하니 속 빈 강정이 되어버렸다. 온 집안이 물 빠진 포구처럼 잔재미가 사라져버린 것이다.

생머리 질끈 동여매고 민낯으로 맹꽁이 운동화를 즐겨 신던 내 딸. 지난 추석에 내려온 딸의 얼굴은 하얗다 못해 창백했다. 혼자 자취생활을 하면서 끼니를 거르며 사는 건 아니었는지. 어미란 사람은 꾸역꾸역 밥그릇 비우며 희희낙락하였으니. 생각할수록 가슴이 쓰리고 아팠다.

하긴 품에 있을 때나 내 의도가 먹혀들었지 이젠 오히려 나를 설득하거나 내가 저 의도에 따르기를 고집할 만큼 커버렸다. 굶어 비쩍 마르든, 잘 먹어 포동포동 살이 찌든 내 부탁이나 만류도 그 흔한 노파심쯤으로 받아넘겨버리곤 한다. 아무리 모녀지간이라 해도 소소한 참견마저 구속으로 여긴다면 그저 존중해 주니만 못한 것. 그게 부모와 자식 간에 오갈 수 있는 사랑의 한계일지도 모른다. 말없이 바라봐 주는 것. 관심은 두되, 간섭은 하지 않는. 그런데 그게 어디 생각이나 말처럼 쉬운 일인가. 딸의 힘듦이 감지되면 그 몇 배의 고통으로 어미의 가슴을 짓누르곤 한다.

전화벨이 울린다. 조금 전에 통화를 마친 딸이 다시 전화다. 애교가 넘치는 목소리로 글은 잘 쓰고 있는지, 악성코드는 안 뜨는지 궁금하단다. 저도 혼자이니 엄마의 목소리가 그리운 모양이다.

좋은 일자리를 얻기 위해 디자인 공부를 하고 있는 딸. 저만의 수필집을 위해 밤 깊은 줄 모르고 자판을 두드리는 엄마. 모녀의 꿈이 이루어지는 그날까지는 보고 싶어도, 만나고 싶어도 참을 도리밖에. 하늘은 스스로 돕는 자를 돕는다 했으니 머잖아 우리 모녀에게도 행운의 여신 티케가 좋은 소식 전해 주겠지?

공원 블루스

7월의 도심이 뜨겁게 익어간다. 달아오른 열기를 견디지 못해 바다와 계곡으로 사람들이 몰려든다는 소문도 무성하다. 그래서인지 끝이 보이지 않는 내 주변 일들로 내가 느끼는 더위는 짜증 수준을 넘어선다. 남 탓이라 생각되면 불쾌지수는 더 치솟게 마련이다.

살다보면 내 일이 아닌 것들로 부산을 떨어야 할 때가 많다. 짜증을 내어보지만 그런다고 달라지지도 않고. 오히려 심적 부담만 더 가중된다. 이건 남편 땜에, 요건 자식들 때문에…, 부모, 형제, 친구, 이런저런 모임들…. 내 생활이나 생각마저도 철저하게 저들에게 저당 잡혀 사는 꼴이다. 내 일거수일투족이 저들에 의해 조종되어지니 얼마나 맥 빠지는 일인가. 차라리 관계의 사슬에서 빠져나와 사는 게 훨씬 편할지도 모르겠다는 생각마저 들게 한다. '혼자 사는 게 속은 편한 거여.' 어릴 적에 종종 들었던 이야기다. 그땐 그게 뭔 소린지 몰랐는데, 요즘은 수긍이 간다.

몇 달째 불어난 일거리 때문에 조급증과 짜증을 몸에 달고 산다. 이러다간 내 신경 줄이 장력을 이기지 못해 터져버리는 건 아닌지 더럭 겁이 나기도 한다. 몸져눕기는 죽기보다 싫으니 앞치마를 벗어던지고 인근 공원으로 내뺐다.

울창한 나무숲이 딴 세상 풍광을 연출한다. 뒤엉킨 나무뿌리가 허연 속살을 드러내고 물오른 칠월의 수피는 성숙한 여인의 피부결보다 더 윤기가 흐른다. 태양 빛을 반사하며 팔랑거리는 나뭇잎들의 광채, 수액의 향기와 새들의 지저귐, 내 집과 지척의 거리지만 여긴 별천지다. 인공이 아무리 화려하다 한들 자연의 조화를 따르지 못한다는 말을 실감한다. 자연의 품에서 잠시 휴식하는 건만으로도 답답하던 마음에 여유의 숨통이 트이고 스트레스도 날아가 버린다. 좀 전까지만 해도 집안일이 지겹게 느껴졌었다. 하긴 그 지겨움이 없었으면 지금의 홀가분함도 없을 터다.

노랫소리가 내 발걸음을 당긴다. "내 나이가 어때서 사랑에 나이가 있나요…" 요즘 나이 지긋한 어른들이 즐겨 부르는 노래다.

리듬에 맞춰 서로 손잡고 춤을 추고 있다. 공원 블루슨지, 황혼
지르박인지….

'저런 나이에도 사랑이란 열정이 생길까? 메마른 열정을 돋우
려는 발악?'

조용해야 할 공원이 소음공해에 시달리는 것 같아 좀 안쓰럽
긴 하다. 사랑도 좋고 열정도 좋지만 고요와 평온도 그에 못잖은
데….

공원은 노인어른들의 천국이다. 춤추고 노래하고, 수다 떨고,
장기 두고…. 고성방가만 없다면 낙원이 부럽지 않을 것 같은데.

나도 수다 떠는 할머니들의 곁에 자리를 잡았다.

소싯적 한가락했다는 얘기부터 자식 자랑 남편 흉보기에 언성
을 높인다. 처녀 적, 자기를 따랐던 첫사랑 이야기도 술술 풀어낸
다. 살아온 세월의 희로애락을 모조리 쏟아내야 직성이 풀리겠다
는 기세로 수다의 끝은 보이지 않는다.

〈꽃보다 ○○○〉 시리즈에 '꽃보다 수다'라는 말이 있다. 요즘
에는 형제자매가 있어도 하나가 고작이고 그나마 외국에 사는 경
우가 많다. 전처럼 피붙이들과 모여 사는 게 아니라, 타인들과 어
울려 사는 게 현실이다. 그러니 애정·우정 불문하고 수다가 좋
다는 게 아닌가.

저마다 다른 처지와 삶의 이력을 지닌 이들이지만 한데 어울려

노년의 무료를 달래는 모습이 애들처럼 천진난만하다. 점점 그네들의 수다 속으로 빠져든다. 재미보다 더한 산전수전 다 겪은 인생 열전 묘수풀이다. 내일도 수다가 그리워 이곳을 서성여야 할 듯싶다. 모레도, 글피도, 그글피도…. 그러노라면 내 머리에 백설이 잦아들고 이곳에 죽치고 사는 건 아닌지….

공원, 어쩌면 내 황혼의 블루스 무대가 될 듯도 싶다.

오일장의 할머니들

올겨울은 유난히 춥다. 폭설과 한파가 제주 섬을 꽁꽁 얼린다. 내 생에 처음 겪는 추위 같은데 30여 년 만이란다. 거기다 찬바람과 궂은비까지 더해지니 그야말로 죽을 맛이다. 추위 때문에 집안에 갇혀 살아선지 바깥세상이 그리워진다. 방한복으로 완전 무장하고 밖으로 나섰다. 막상 밖에 나오니 생각보다 별것 아닌 추위다. 온갖 정보 매체들이 강추위라고 떠들어대는 바람에 지레 겁을 먹고 집안에 숨어 산 셈이다.

오일장에 가서 사람들 틈에 뒤섞여 부대끼다 보면 꽁꽁 언 마음까지 풀릴 것 같아 집을 나선 것이다. 물건을 흥정하는 재미도,

먹을거리를 골라 먹는 맛도 오일장에서나 얻을 수 있는 값싼 호사다. 사람 냄새가 진하게 배어나는, 정리정돈이나 질서보다는 소란과 무질서가 더 자연스러운, 주위에 대한 마음의 경계를 허물고 내면의 자잘한 욕구들을 적나라하게 분출할 수 있는 곳이다. 매서운 한파 때문인지 오일장 특유의 복작임은 보이지 않는다. 상인들의 신바람도 얼어붙었는지 시장바닥 본연의 흥거움도 없다. 그래도 구수한 먹을거리 냄새는 내 코를 자극한다.

오늘 이곳을 찾은 목적은 물건을 사기보다는 얼어붙은 마음을 녹이려는 것인데 오늘의 시장은 그런 분위기가 아니다. 예전 같았으면 여러 지역에서 모여든 신기한 토산물들을 구경하는 것도 큰 재미였다. 그러다 상인들의 호객행위에 나도 모르게 걸려들어 예상치 않은 물건을 사들기도 한다. 그러고 보면 분위기라는 게 인간의 삶에 크게 작용한다는 걸 깨닫게 된다. 광고나 선전, 상인들의 쇼맨십이 구매를 부추기게 된다는 것도. 수요자의 정신을 흩트릴 수 있는 번잡이 들어차야 오일장다움이 살아난다.

그런 번잡과 혼란 때문에 얼결에 물건을 사들고 와서는 후회한 적도 여러 번이다. 꼭 필요할 듯해서 산 물건인데도 막상 집에 와서 풀어보면 왜 샀는지 후회의 한숨만 나온다. 그걸 알면서도 이 가판, 저 가판 기웃거린다. 물건을 구경하다 보면 견물생심이라고 사고 싶은 욕구도 절로 생겨난다. 사도 그만, 안 사도 그만이지만 호기심이라는 게 자꾸 내 몸을 가만히 앉혀두지 않는다. 또 이것저것 뒤적이다 그냥 지나치자니 주인한테 미안한 생각도 들어 사게 되는 경우도 종종 있다. 값싼 측은지심이 묘하게 발동한다. 내 마음 나도 모른다는 말을 실감하지만 후회나 자책은 언제나 한발 늦다.

이제 오일장이나 재래시장은 대형마트의 위세에 밀려 설자리를 잃고 있다. 거대 자본의 횡포라고나 할까. 예전에는 직장을 은퇴하며 받은 퇴직금으로 구멍가게 하나 차리면 일거리도 생기고 생계도 그럭저럭 꾸려갔는데. 이제는 옛이야기다. 너나없이 열심히 땀 흘리며 번 돈을 자본이 벌여놓은 좌판에 남김없이 쏟아내야 한다. 다양한 상품과 편의시설까지 갖추어 놓고 우리의 구매욕을 한껏 북돋우니 뿌리치기 힘든 유혹이다. 하지만 재래시장에서 느낄 수 있는 따스한 인정이나 체온은 기대하기 힘들다. 손해를 본다면서도 덤으로 얹어주는 장삿속. 그게 사실이든 아니든 재래시장에서나 이루어지는 흥정의 묘미다. 그런 맛에 간간이 이곳을 찾게 된다.

시장골목 안쪽에 할머니들의 가지고 온 채소들이 좌판에 널려 있다. 백발에 자그마한 체구의 할머니가 보인다. 어림잡아 팔순이 넘었지 싶다. 목도리를 목에 감았지만 장갑도 없이 낮은 의자에 웅크리고 앉아 오가는 사람들을 살피며 새 채소 주인을 기다린다.

"애기엄마, 이것 좀 사가지고 가. 날도 저물고 해서 싸게 팔게."

지나가는 젊은 아줌마에게 하는 말인 줄 알고 무심코 지나치려다 그 모습이 너무 안쓰러워 다가가 쪼그리고 앉았다.

'얼마나 사정이 어려우시면 저 나이에 시장바닥에 나앉았을까.' 가난이 이끌어가는 삶은 우리에게 깊은 우울과 상실감만을 던져준다. 따뜻한 집안으로 빨리 보내드리고 싶지만 나의 지갑은 얄팍하기만 하다.

잔돈으로 시금치 몇 묶음을 샀다. 값싼 동정이지만 할머니에겐 큰 도움일지도 모른다는 생각에 내 마음도 따뜻해진다. 돌아서가는 나에게 할머니는 '시금치 삶아 참기름 듬뿍 넣고 무쳐서 먹으면 밥 한 그릇 뚝딱'이라며 고맙다는 인사를 몇 번이나 내 등짝에 덧댄다. 나에겐 대수롭지 않은 푼돈이지만 할머니에겐 생존과 직결된 요긴한 돈일 수도 있기에 저러는 것이라 생각하니 내 등짝이 다시 차갑게 얼어붙는다.

시장을 둘러보니 이 할머니와 비슷한 연세의 할머니들이 추위와 맞서며 쪼그만 좌판을 붙들고 앉아있다. 어쩌면 제 생을 허투루 낭비하지 않고 진하게 살아가려는 의도일지도. 팔순을 넘긴 나이에도 삶의 희로애락을 몸소 생의 나이테에 절절이 아로새긴다. 내 삶의 행태가 부끄럽게 클로즈업된다. 복부비만을 염려하는 중년의 나이. 호사만을 탐하며 운동하는 것마저 게으름을 피우는. 이깟 추위에 겁을 먹고 방안에 틀어박혀 사는 나약함이라니. 몸과 마음의 여백에는 나태의 이끼가 덕지덕지 끼고도 넘친다. 오늘 사온 시금치로 반찬을 만들어 먹으며 심기일전의 결기를 다져야겠다. 할머니들의 치열한 삶을 떠올리며.

빨랫감을 삶으며

아침 햇살이 눈부시다. 하늘은 높고, 공기는 청량하다. 그야말로 상쾌한 아침이다.

며칠 동안 내린 비가 게으름에 찌든 내 몸을 바쁘게 한다. 다시 못 볼 햇빛도 아닌데 구름 속으로 숨어버리지나 않을까 자꾸만 쳐다본다.

바람이 들도록 장롱 문을 활짝 열었다. 이불과 베개는 마당으로 외출 좀 시켜놓고. 날마다 하는 빨래지만 오늘은 잡동사니들을 다 꺼내 놓았다. 마당에 건조대를 펴고, 손빨래할 것과 안할 것을 분류해 놓았다. 목욕탕의 욕조와 거울, 화장실 바닥과 변기를 뜨거운 비눗물로 닦았더니 반들반들 윤이 난다. 목욕탕을 청소하다가도 밖을 내다본다. 햇살은 여전하다. 목욕탕에 햇볕을 들일 수 없을까 궁리하다 목욕탕 식구들을 모조리 꺼내어 깨끗이 닦곤 마당에 널어 일광욕을 시켰다. 비눗갑, 빨래판, 칫솔걸이…. 현관문까지 활짝 열어 바람을 들이니 집안의 퀴퀴한 냄새도 햇볕과 바람이 수거해 간다.

얼마 전에 서울에 사는 딸아이한테서 전화가 왔다.

"엄마, 필요한 거 뭐 없어요? 휴가 받고 집에 내려갈 때 사가지고 가려고요."

"아냐. 필요한 것 없어. 엄마는 건강하게 잘 지내고 있는 내 딸 얼굴 보는 것만으로도 충분해."

며칠 뒤, 휴가를 받고 현관에 들어선 딸아이 손에 커다란 봉투가 들려있었다. 엄마 선물이라며 하나씩 꺼내놓고는 설명을 늘어놓았다. 꽃무늬접시, 진홍 커피 잔, 빨아 쓰는 행주 등. 행주 삶는 게 번거로운 걸 어떻게 알았는지…. 주방 한곳에 옮겨 놓고는 부엌살림을 하나씩 살핀다. 그러면서 오래 쓴 물건은 사용하지 말고 버리라며 잔소리까지 덧댄다. 내 살림 내가 알아서 하는데 웬 잔소리냐며 입을 삐죽이지만 딸의 잔소리가 싫지 않았다. 엄마 마음을 알아주는 건 딸밖에 없다.

딸 가진 부모는 비행기타고 여행 다니고, 아들 가진 엄마는 부얼데기가 된다지 않은가. 내 친구도 직장에 다니는 딸이 있어 여행도 가고, 공연이나 영화도 함께 보러 다닌다고 자랑한다. 요즘은 아들보다 딸 가진 부모님들이 호강하는 시대다.

간혹 못살겠다고 엄살떠는 이들도 더러 있지만 딸자식에 기대지 않아도 살기 좋은 시대다. 옷을 깨끗하게 빨아주는 세탁기도 있고, 삶아주는 세탁기도 있다. 전원만 켜놓으면 무선로봇청소기가 집안 구석구석을 돌아다니며 깨끗이 청소해준다. 배터리가 소모될 때쯤이면 스스로 본체에 자석처럼 달라붙어 자가 충전된다. 주부의 손발이 퇴화될 지경이니 좀 좋은 세상인가. 그래도 아날로그에 익숙한 나는 구석구석 손으로 깨끗하게 닦을 수 있는 수동식 물걸레가 좋다. 흐르는 물은 썩지 않으며, 지도리는 좀먹지 않는다는 말처럼 몸과 마음을 적당히 부리며 살아야 나태의 좀이 슬지 않는다.

노란 양은 세숫대야에 행주를 담아 가스 불에 올렸다. 행주를 삶을 때면 친정어머니 생각이 난다. 오랜 세월 쓰다 보니 노란 세숫대야 바닥이 은색으로 변하고 얇아진 바닥에는 바늘귀만 한 구멍이 송송 뚫린다. 버리기가 아까워 알루미늄 테이프로 구멍을 때우시곤 멀쩡하다며 배시시 웃으시던 모습이 아른거린다. 몽글몽글 피어오르는 빨랫감 삶는 김 속에 어머니의 그 웃음이 오버랩된다. 빨래 삶는 냄새가 집안 가득 퍼진다. 싱크대와 가스레인지가 행주질해선지 반짝거린다. 부엌이 오랜만에 부티가 흐른다. 갑자기 부자가 된 느낌이다. 점심시간이 지났는데도 배고픈 생각도 나지 않는다. 행주를 삶고 빠는 것으로 부엌청소를 끝냈다.

날마다 빨랫감을 삶는 건 번거로운 일이다. 바쁜 와중에 빨랫감을 가스 불에 올려놓고 다른 일 하다 보면 태우거나 넘치는 일도 생긴다. 그래도 새것처럼 변신한 빨랫감을 보면 내 안의 때가 빠진 듯 상쾌해진다. 역시 집안의 멋의 핵심은 현란함이 아니라 깨끗하고 단아함이다.

태양은 그 좋은 햇살을 거두고 땅거미를 내려놓으며 서녁 하늘로 줄달음친다. 바싹 마른 빨래를 개며 오늘의 햇살에 마음속으로 고마움을 전한다. 내 마음의 찌든 때도 깨끗이 빨아 오늘같이 맑은 가을 햇살에 벼리고 싶다.

5부 | 편도여행

"내 삶은 편도여행이다. 첫사랑, 첫 키스, 첫설렘
이 되돌아오지 않듯이 오늘의 내 삶도 그냥 스쳐
지날 뿐이다."

가족여행

'딩동!' 핸드폰 메시지 알림이다. 딸이 포토메일을 보내왔다. 추석에 가족들과 여행지에서 찍은 사진들이다. 추석과 주말이 겹친 황금연휴에 가족여행을 감행했었다. 바쁜 일상으로 소원해진 가족 간의 관계도 친밀하게 동여매고, 직장에 다니느라 몸과 마음이 지쳐있을 아들과 딸의 피로도 풀어줄 겸, 섬 속의 섬 추자도로 여행을 떠난 것이다.

나는 여행을 앞두면 그 앞치레에 마음이 들뜨고 설렌다. 값진 보물을 찾아 떠나는 탐험가라도 되는 듯 심장은 요동하고 얼굴에는 긴장의 화색까지 피워낸다. 소풍 전날 잠 못 이루는 아이처럼 여행의 진미를 미리 당겨 맛봐야 직성이 풀린다.

고운 햇살이 배 위를 조명처럼 밝혀주고 뱃전으로 다가드는 은 파들이 바다 위를 한 폭씩 수놓으며 밀려간다. 이 명화 같은 배경에 멋진 추억 그려 넣으려고 갖은 포즈를 취하기에 여념이 없는 사람들. 나는 배 난간에 서서 바다와 하늘이 펼쳐내는 자연의 파노라마에 넋을 잃었다.

하얀 포말을 꼬리처럼 매달고 달리던 배는 어느새 항구에 닿았는지 가쁜 숨을 멎으며 늘였던 꼬리를 들여 감춘다. 짭조름한 갯냄새, 배 위를 선회하는 흰 갈매기들, 와자지껄 쏟아내는 생소한 사투리들, 내 삶 저편의 낯선 현상들이 내 몸과 마음에 사정없이 다가와 감긴다. 해방, 자유, 낭만, 사랑, 우정, 이상…. 평소에는 잊고 살았던 낱말들이 내 의식의 편린처럼 조각조각 되살아나는 것이다. 난 소소한 구애마저도 훌훌 벗어버린 이방인이 된 듯 날아갈 기세다. "조개껍질 묶어 그녀의 목에 걸고…." 콧노래 흥얼대며 뭍으로 발을 들였다.

수십 미터 절벽 위에 기암괴석이 용틀임하듯 위용을 자랑한다. 옥색 하늘 품어 안은 바닷물과 어우러지니 한 폭의 수채화다. 내 안의 어휘로는 알맞게 그려낼 재간이 없다. 이런 상황을 어안이 벙벙하다고 해야 할지….

등대오름 정상에 오르자 내 시야에 펼쳐진 진풍경. '아, 정말 좋다!' 이구동성으로 터져 나오는 찬사들. 더 이상 무슨 수식이 필요할까.

나뭇가지 우거진 사이에 새소리 머무는 바닷가. 망망대해로 휘둘린 별장의 운치도 고혹적이다. '가족들이 가끔씩 들려 쉴 수 있는 이런 별장 한 채 있으면….' 어느새 이 풍경을 소유하고픈 허망이 꿈틀댄다. 부끄러운 속물근성이다.

바닷물이 빠져나간 해안으로 나갔다. 바다 생물들도 썰물에 길을 잃었는지 부산스레 팔딱인다. 우리도 저마다 한 마리 바다 생물이 되어 물장구치며 거닐어 본다. 멀리 사자섬을 띄워놓은 끝없는 바다는 그 속살을 투명하게 내보이며 내 앞에 맑고 고운 모래사장을 펼쳐놓는다. 연전에 시부모님을 모시고 여행을 왔던 그 자리다. 여기에 우리 가족이 다시 서게 될 줄이야. 3대가 어울려 갯것들을 주우며 웃음 짓던 일, 정정하셨던 아버님·어머님 모습. 맥주잔 기울이며 가족의 건강과 행운을 합창하던 그 열기, 내 상념은 지난 추억 속으로 빠져든다. 야릇한 감상이 내 마음에 결고운 동심의 파문을 그려낸다. 이래서 추억 여행을 하나 보다. 아름답게 각인된 잔상들을 찾아 음미하려고. 기억력이 쇠잔하여도 숙성된 추억만은 떠올린다 했으니 오늘의 우리 여행도 먼 훗날 그런 행복의 씨알이 될지….

길섶에 이름 모를 하얀 꽃들이 소복이 피어있다. 백의요정들인

양 영롱한 색과 향을 피워 올리며 우리의 방문을 반긴다.

거리의 저녁 불빛이 하나 둘 켜지자 낮 동안 춤을 추던 바다도 잠을 청하는지 고요하다. 저 멀리 수평선에는 칠흑의 바다에 집어등 밝혀놓은 어선들이 저들의 삶을 낚아 올리는 모양이다.

도시의 번잡을 멀리한 섬 속의 섬, 추자도. 이번 여행은 청아한 자연과의 오붓한 친교였다. 감미로운 여행의 묘미에 빠지다보면 집도 이웃도 삶까지도 잊을 것 같다는 생각이 들었다. 이대로 자연에 묻혀 한세상 살다가는 것도 좋을 듯싶었다. 그럴 수 없음에 삶은 고행이다. 일과 가족과 사회의 그물망으로 얽힌 관계의 구속. 살아있는 동안은 그 속에 얽혀 허우적대야 한다. 구속에 매이는 걸 싫어하면서도 그런 구속에 얽혀 살아야 하는 게 우리의 삶의 한계일지도.

식구들과 뒤엉켜 속삭이고, 깔깔대며 한밤을 새웠더니 그야말로 한통속이 되었다. 집을 떠나 자연을 벗하며 식구끼리 혈연의 정을 나누다 보니 서로의 사랑이 확인되고, 소원함과 소소한 갈등들이 진한 행복으로 치환된다. 모두가 이번 여행이 마음에 드는지 내년 여행지를 미리 생각해 두잔다. 난 사랑하는 가족들과의 여행이라면 어디든 떠날 준비가 돼 있다고 자신에게 이미 다짐해 놓았는데.

섬 속의 섬, 청산도

비구름이 하늘 한 뼘도 내보이지 않겠다고 잔뜩 찌푸렸다. 금방이라도 비를 뿌릴 태세다.

장마 기간이라 엊그제도 한라산에는 폭우가 쏟아졌다. 우기에는 비 오는 날이 잦을 게 당연하지만 내 삶의 언저리를 휘감은 후덥지근한 습기는 내 안의 불쾌지수를 한없이 끌어올린다. 그렇지 않아도 다람쥐 쳇바퀴 돌리듯 반복되는 일상도 지겨운데 날씨마저 이러니 내 심신은 그 무언가 신나는 꺼리에 갈증을 느끼곤 한다.

가끔씩 떠나는 여행이나 산행으로 그 갈증을 해소할 수 있으니 그나마 다행이다. 내 본연을 찾아 떠나는 여행에서 삶의 여유를 되찾고, 땀 흘리며 걷는 산행에서 활력을 재충전할 수 있다.

산을 좋아하는 사람들로 산악회를 만들어 한 달에 한 번씩 산행을 떠난다. 고정된 내 삶의 틀에서 잠깐 벗어날 수 있는 기회가 된다. 그 때가 다가오면 내 마음은 어린아이처럼 설렘으로 차오른다.

지난달 영실 둘레 길을 걸으며 청산도로 여행을 떠나기로 하였다. 그런데 우리가 출발할 즈음부터 제주도를 시작으로 많은 양의 비가 내린다는 일기 예보가 있어 마음 졸였다. 다행히 하늘도 내 심정을 헤아렸는지 슬쩍 비껴간 것이다.

주말 1박 2일 동안의 짧은 여행, '느림의 미학, 슬로 청산도 걷기대회' 라는 슬로건을 내걸고 우리 일행은 완도행 한일 카페리에 몸을 실었다. 완도에 도착하여 여객선 터미널에서 청산도로 가는 배로 갈아타고 50여 분, 하얀 포말을 일으키며 달리던 배가 드디어 청산도 도청항에 닿았다.

섬 속의 섬 청산도, 어디를 봐도 녹색 천국이다. 싱그러운 풀숲 향을 온몸으로 맞으며 첫 발을 내디뎠다. 도청항 입구에는 "슬로우 시티, 느림은 행복이다" 라는 구호와 청산도의 마스코트인 느림의 상징 달팽이 그림이 나를 반겼다.

청산도는 공해 없는 자연 속에서 이 지역에서 생산되는 음식을 먹고, 이 지역의 문화를 공유하며, 옛날의 농경시대로 돌아가자는 '느림의 삶'을 추구하는 국제 운동이 펼쳐지고 있는 곳이다. 이런 곳이 몇몇 지역에 더 있다고 하니 저들끼리 도란도란 행복을 엮으며 살아가는 사람들이 꽤 있는 듯싶다.

여행 첫날은 청산도의 속살 속으로 들어가 보기로 했다. 완만하게 경사진 돌길을 따라 올망졸망 줄지어 서있는 집들, 언덕 마을을 둘러싼 초록 벌, 곳곳에서 풍겨오는 예스런 시골 향, 전통 민요 판소리가 흘러나오고 〈서편제〉와 〈봄의 왈츠〉 촬영지가 있는 곳. 이것들을 돌아보며 천천히 청산도의 이모저모를 즐겼다. 길은 내게 모든 것을 내보여 주었다. 사색의 공간까지 더도 덜도 아닌 있는 모습 그대로를.

다음날 지리청송해변의 슬로 길을 걸었다. 멀리 펼쳐져 있는 전복 양식장과 유람선이 보이는 도청항에 나와 순환 버스를 타고 청계리까지 이동하여 장기미해변을 거쳐 범바위산을 올랐다. 한 시간 정도의 가벼운 산행이다.

범바위 전망대에는 빨간 우체통이 있다. 사랑하는 사람에게 사연이 전달되려면 일 년이나 걸린단다. 그 따뜻한 사랑의 사연을 일 년 후까지 이어지게 함이니 얼마나 아련하고 깜찍한 발상인가.

꽃이며, 풀이며, 바람에 팔랑거리는 나뭇잎까지도 한가롭다.

높은 산이나 낮은 산이나 운치와 때깔은 매한가지. 시원한 그늘 아래 솔 향이 가득하고 여기에 새들의 노랫소리 더해지니 그야말로 무릉도원이다.

누구나 한번쯤 와보고 싶어 할 아름다움을 간직한 섬 속의 섬, 청산도. 속도와 효율성만을 좇는 삭막한 세파에 시달리던 몸과 마음에 여유와 활력을 채워갈 수 있는 곳.

섬사람이 또 다른 섬에 와서야 태곳적 파도 소리에 몸과 마음을 적시며 느림과 한가함에 푹 빠져 볼 수 있었다. 가진 건 별로 없지만 행복하다는 그 어떤 사람들의 이야기가 내 마음에 다가왔다.

앙코르와트의 나라, 캄보디아

일 년을 손꼽아 기다려온 해외여행이다. 6박 7일 간의 여행. 수
학여행 날 받아놓은 학생처럼 마음이 들떴다. 비행기에 탑승했을
때의 흥분과 기쁨을 어찌 말로 다 표현하랴. 비행기가 이륙했다
는 기내방송에 내 가슴은 겁먹은 병아리마냥 파닥였다.

부산에서 하룻밤을 보낸 후 캄보디아로 날아갔다. 복잡한 입국
절차를 마치고 공항을 빠져나오니 말과 음식이 다르고, 풍경도
풍습도 낯선 땅 캄보디아다. 쳐다보는 사람들의 미소가 생각보다
곱다. 첫인상이 좋아 좋은 여행이 될 것 같은 안도감이 든다.

첫 날 일정은 앙코르와트 관광이다. 천여 개의 사원이 들어있

다는 거대한 성, 세계 7대 불가사의 중 하나다. 유네스코에서 정한 세계문화유산. 세계에서 가장 큰 석조 건축물이며 종교 건축물이기도 하다.

12~13세기에 앙코르왕국은 두 왕이 강력한 통치로 번성하였다. 태양의 수호자로 일컬어진 수리아바르만 2세가 '도시의 사원' 앙코르와트를 건설했다. 동서 1500미터, 남북 1300미터의 웅장한 사원으로, 약 2만5000여 명의 인력을 동원하여 37년 동안 건설했다니 건설 과정 자체가 불가사이다. 그뿐만 아니라 이곳은 몇 겹의 성곽으로 둘러싼 철옹성이다. 게다가 마지막 성곽은 폭 190미터의 거대한 해자로 휘둘린 방어벽이다. 앙코르와트로 들어가려면 사방을 둘러싼 해자 위의 다리를 건너야 한다. 사원을 제대로 보려면 전생, 현생, 내생, 3생을 거쳐야 한다는 말이 있을 정도다. 그 규모와 내용물은 어림하기조차 어렵다. 인간의 힘으로는 도저히 이룰 수 없을 것 같은 이 거대한 건축물이 천 년 전에 지어졌다니 과거를 미개하게 여겼던 내 편견이 얼마나 어리석은가. 관광객이 가장 많이 찾는 곳이라는 말에 수긍이 간다. 밀림 속에서 천년 만에 환생한 앙코르와트. 오랜 세월의 흔적이 켜켜이 쌓여있다.

또 다른 성, 앙크로톰은 '큰 왕성'이란 의미로 신의 세계를 모방해 건설했다. 높이 8미터, 한 변의 길이가 3킬로미터인 정방형의 성벽으로 둘러싸여 있으며 폭 100미터의 해자가 주위를 두르고 있다. 규모만으로는 앙크로와트보다 크다. 앙크로톰 중앙부에는 높이 54미터의 바이욘사원이 있다.

앙크로톰 동쪽에 거대한 나무뿌리로 유명한 타푸롬(TA Prohm)사원이 있다. 자야바르만 7세가 앙크로톰을 건설하기 전에 어머니의 극락왕생을 기리기 위해 세운 불교사원이다.

이곳을 점령한 스펑나무 뿌리들은 수분을 찾아 성벽의 틈을 비집고 다니며 사원을 서서히 파괴하고 있다. 철제 보조 기둥의 수가 늘어만 간다고 한다. 천년 세월 동안 나무뿌리가 스멀스멀 기어 지붕을 타고 노닐다 내부로 침식해 들어간다니 참으로 놀라운 생명력이다. 자연의 복원력이라는 게 정말 무섭다. 인간의 문명은 돌보지 않으면 이렇게 자연에 먹혀버리는 생명력도, 복원력도 없는 하찮은 것이다.

사원 안으로 발길을 옮기는데 새소리와 수풀 향이 귀와 코를 간질인다. 난데없이 귀에 익은 〈아리랑〉이 경내에 울려 퍼진다. 한국관광객이라는 것을 알아차린 저들의 장삿속도 여간이 아니다. 관광객들의 국적을 알아내 그 나라 민요를 연주해준다니 놀랍고, 또 한 편으론 반갑다. 종사하는 저들은 모두 지뢰로 부상당한 불구의 몸이라고 한다. 환영의 감사 표시로 동전 한 닢을 연민의 정과 함께 모금함에 넣었다.

한 어린이가 인형만 한 아기를 한쪽 옆구리에 끼고 어른다. 캄보디아 사람들은 본래 작다고 하지만 충격적인 수준이다. 관광객을 뒤따르면서 '원 달러', '원 달러' 외치는 소리가 애처롭다. 6·25전쟁 때 피난 다니면서 구걸하던 아이들 영상이 떠오른다. 전쟁은 참으로 잔혹한 것이다. 우리 한반도에 또다시 전운이 감돌고 있다는데…. 생각만 해도 섬뜩하다.

관광을 마치고 버스에서 내리니 후끈한 열기가 몸속을 파고든다. 내 몸은 해열의 방어기제라도 발동하려는 듯 땀방울이 등골을 타고 흘러내린다. 챙 넓은 모자를 쓰고 햇살을 막아보지만 역부족이다.

멀리서 바다 같은 호수가 보인다. 캄보디아 영토 한가운데 있는 톤레삽호수(Tonle Sap Lake)다. 동남아에서 가장 큰 호수. 메콩강이 범람할 때 완충작용을 한다. 지역을 보호해주는 은혜로운 호수다. 강 한복판에는 수상마을이 있다. 학교, 병원, 식당, 상점, 가게까지. 생활하는 데 불편하지 않다니 육지보다 오히려 시원한 생활을 하고 있는 듯하다. 주민들이 사용하는 식수는 황토색이다. 물 위에는 수련이 자라 청정 1급수로 정화된다고 한다. 주민들의 먹다 남은 잔반부터 배설물까지 잉어, 담치, 청어, 메기들이 먹어치운다니 어찌 속이 메슥거린다. 그런데도 모기 한 마리 볼 수가 없다. 신기하다. 순수한 자연의 생태환경이다. 인간도 그 생태계의 일원일 뿐. 그들은 황톳물에서 빨래하고 다시 그 물을 퍼다 식수로 사용했다고 한다. 상상도 하기 싫은 비위생적인 삶이다. 언제부터인가 개발로 인해 수질이 나빠진 탓에 마시는 물은 사서 먹는다니 그제야 안심이 된다. 캄보디아에 비하면 우리 제주는 물의 천국, 선택받은 섬이다. 제주의 지하수야말로 얼마나 귀중한 생명수인가. 물을 보호하는 일에 한 몫 거들어야겠다는 다짐을 한다.

하늘을 보니 구름이 빠르게 움직인다. 이곳은 열대 몬순기후라 하루에 한 번은 스콜이 몰아친다. 사방을 둘러보니 녹색 천지다. 지금 이대로 보존되기를 바라지만 자본과 문명은 가만두지 않을 것이다. 수상가옥 위에서 빨래하는 아낙들과 자맥질하는 벌거숭이 아이들이 우리에게 손을 흔든다. 물위에 걸어놓은 평화의 화폭이다. 자연과 하나되어 살아가는 삶이다. 그러고 보면 문명 이전의 삶이 더 행복했으리란 추측이 가능하다. 문명화될수록 더 불행해진다는 이 역설. 왜 우리는 과학을 동원하여 불행의 터전을 구축하려 드는가? 알다가도 모를 일이다. 문명한 나라에 가면 또 그곳의 삶이 더 좋게 보일지도 모르니 문제는, 인간의 간사한 마음인 듯도 하다.

손을 흔드는 하얀 마음들. 군대 가는 아들과 헤어지면서 손을 흔들었다. 연인들도 사랑을 속삭이다 헤어질 땐 손을 흔든다. 손을 흔드는 까만 눈동자의 아이들. 그들의 마음이 하얀 천사의 마음 같다.

여행 막바지다. 오래 머문 것 같은데 지나고 나니 훌쩍 스쳐 지난 느낌이다. 인생 일장춘몽이란 말이 비로소 체감이 된다. 여행의 환상에서 깨어나면 일상의 현실에 신경을 곤추세워야 한다. 앙코르와트의 나라 캄보디아, 내 환상의 추억을 간직한 영원한 파라다이스로 남아있길 바란다.

살다보면 어렵고 힘든 고비를 맞게 된다. 좋은 날을 기다리다 보면 오늘을 즐기지 못하고, 내일만을 걱정하다 죽어간다. 여행은 오늘만을 만끽하는 가슴 벅찬 여정이 연속이다. 때로는 힘들어 여행을 포기하겠다고 하면서도 다시 여행 가방을 꾸리는 이유다. 나도 머잖아 여행의 환상을 떠올리며 다시 여행 가방을 꾸릴 것이다.

여행의 추억

초여름 코스모스가 갓길을 장식한다. 6월의 세상은 온통 초록
인데 철 이른 코스모스가 활짝 피었다. 계절이 뒤바뀐 건 아닌지
잠시 어리둥절해진다. 발걸음을 멈추고 유심히 쳐다봐도 틀림없
는 코스모스다. 고추잠자리까지 앉았다면 가을로 착각할 만하다.
이제는 식물의 생태를 마음대로 조작할 수 있으니 가을꽃을 여름
꽃으로 둔갑시키는 모양이다. 지구의 이상기온 현상도 식물을 가
끔 치매에 걸리게도 한다니 계절 꽃은 이제 사리질 판이다.

눈길 닿는 곳마다 푸름이다. 척박한 도심이 가로수들마저도 저
마다 푸른 자태를 한껏 뽐낸다. 오늘은 자유인으로 몸의 호사를

누리기 위해 사라봉 산책길에 들었다. 간밤에 내린 비로 숲은 본연의 생기를 찾아 싱그럽다. 청신한 나뭇잎들이 되쏘는 햇살이 영롱하다. 나 혼자만 자유를 얻어 호사를 누리는 줄 알았더니 산책길엔 많은 사람들이 오고간다.

별도봉 오르막이 힘들어 잠시 나무둥치에 기대어 숨을 고르고 있는데 아주머니 한 분이 나에게 말을 건넨다. "힘드시지요? 조금만 올라가면 정상입니다." 내 거동이 피곤해 뵈는지 힘을 북돋워준다. 낯선 사람의 인사 한마디에 기분이 좋아지고, 발걸음도 가볍다. 덕분에 쉬 정상에 올랐다.

정상에 오르니 공기 맛도 상큼하고, 시야도 뻥 뚫린다. 자연의 정취에 잠깐 취해보며 아래를 내려다보니 시내가 한눈에 들어온다. 부모님이 거처하고 계시는 아파트 건물도 눈에 든다. 이곳에서 바라보니 정든 옛집을 보는 듯 아련한 추억이 눈에 어리고, 부모님의 안부도 궁금해진다. 가는 길에 부모님의 얼굴만이라도 얼른 뵙고 가야겠다.

눈을 돌려 바다를 바라보니 망망대해로 뻗어나간 방파제 끝에 빨간 등대도 가물거리고, 점점이 흩어져 한가로이 날갯짓하는 물새들도 시야에 잡힌다. 크고 작은 배들도 쉴 새 없이 드나든다. 뱃고동 울리며 항구를 떠나는 배를 바라보고 있노라니 기억 속의 추억 한 꼬투리가 그 속내를 드러낸다.

큰동서와 둘이서 저지른 여행의 추억이다. 보통 동서 사이는 불편하고 껄끄럽다고 하지만 우리는 친자매처럼 흉허물 없이 지낸다. 그래서 함께 여행을 감행했었다. 3박 4일 간의 미니여행을. 아이들을 시어머니에게 잠시 맡기고 여행을 떠나려니 미안한 마음도 없진 않았지만 시어머님 또한 우리를 끔찍이 아껴주셨기에 별 부담 없이 떠날 수 있었다. 지금 생각해 보니 철이 덜 든 시절의 무모한 도전이었다. 젊은 시절의 일들이 행복으로 채색되어 떠오르는 이유는 생각과 행동이 단순하고 망설임 없는 산뜻한 저지름 때문이다.

시어머니의 배려로 얻은 배 여행은 저 아래 보이는 부두의 선착장에서 시작되었다. 특별한 목적지를 정하지 않고 떠났던 여행. 자유를 구가하며 아름다운 추억을 그릴 수 있는 곳이라면 어디든 좋았다. 목적지도 정하지 않고 기분에 따라 서로의 생각을 뒤섞으며 진행해 나갔다. 지나가다가 마음에 들면 멈춰서 구경하고, 주저앉아 묵으면 그만이었다. 맛집에 들러서는 남이 만들어주는 음식을 기분 좋게 음미하며 서로의 맛 품평도 늘어놓아 보고, 옷가게를 기웃거리다 좌판에 널려있는 옷들을 몸에 대보며 깜짝 패션모델도 돼보고. 때로는 시간 가는 줄도 몰라 다음 행선지의 차편을 놓치기도 했다.

여행하는 동안 내 눈동자는 호기심으로 빛났고, 마음속에는 자유와 해방과 일탈의 쾌감으로 채워졌다. 여행은 그래서 좋은 것이다. 가정과 식구들을 잠시 잊고, 일과 인연의 굴레마저 풀어헤쳐 여유와 자유를 만끽하는 것. 그렇다고 누가 나를 옭아매거나 잡아가두는 건 아니다. 일상의 반복이 나를 권태의 늪으로 빠뜨리는 것이다. 그럴 때면 일탈을 시도해야 한다. 미지의 세계를 찾아서 낯선 길이나 생소한 풍광, 새로운 얼굴과 갖가지 삶들을 마주하노라면, 그것들은 나의 삶을 타자의 입장에서 돌아보게 하고, 내 삶을 긍정하게 만든다. 삶에 생기를 불어넣어 주는 계기가 된다. 내가 여행을 즐기는 이유일지도 모른다.

팔만대장경을 봉안하고 있는 해인사에서 하룻밤을 보냈다. 잡다한 생각들을 내려놓고 계곡에서 흐르는 물소리를 들으니 세속의 때가 씻겨 내리는 듯 홀가분해진다. 법고의 장엄한 울림과 스님의 독경, 간간이 숲에서 들려오는 뻐꾸기 울음은 삶의 무상을 알리는 소리로 내 마음을 뒤흔들었다. 지금도 뇌리에서 지워지지 않는 걸 보면 울림의 파장이 컸나 보다.

여행 마지막 날 부산 동백섬에서 산책길을 거닐며 여행을 마무리했다. 집으로 돌아갈 생각을 하니 식구들 모습이 눈앞에 어른거렸다. 나를 옭아매던 대상들이 그리움으로 변하다니. 내가 몸담고 있는 가정이나 삶의 징검다리 같은 사회조직이 때로는 구속으로 느껴지기도 하지만 그것은 내 생각이 빚어내는 족쇄일 뿐,

죽음에 이르지 않은 한 우리의 삶에 영원한 자유는 없다는 생각이 들었다. 여행이 내 생각과 삶을 변화시켜 가는 것이다.

돌아오는 뱃길은 달빛도 없는 캄캄한 밤바다. 간간히 고깃배들의 집어등 불빛에 수평선 너머 칠흑의 섬들이 나타났다 사라진다. 미지의 낙원으로 그려보며 또 다른 여행 후보지로 마음속에 저장해 놓았다.

동녘 하늘이 붉게 물들 무렵 제주항에 도착했다. 눈과 귀에 익숙하여 길 안내 없이도 내 발로 누빌 수 있는 안전지대, 내 삶의 터전이다.

지금 그날의 항구를 바라보고 있다. 내 안에서는 또 다시 자유를 향한 여행의 욕구가 꿈틀댄다. 그때 밤바다의 선창에 기대서서 그려봤던 섬들이 어른거린다. 욕구의 속삭임은 심장의 고동처럼 나를 옥죌 것이다.

'그 섬으로 가야 한다. 나 자신을 잠시나마 방목할 수 있는 자유지대로!'

편도여행

사월의 따사로운 봄볕에 끌려 정원으로 나섰다. 풀밭에 몸을 낮추어 바라보니 초록 물감을 쏟아놓은 듯 작은 잎들이 무리지어 돋아났다. 머잖아 우리 집 정원 주위에도 꽃망울이 탐스럽게 솟아올라 이 봄을 화려하게 치장하리라. 작고 여린 싹들을 뿌리와 가지에서 밀어 올려 꽃을 피우고 열매를 맺으며 생의 한살이를 다할 것이다. 이름도 고운 개나리, 진달래, 옥매, 목련, 민들레, 복수초, 제비꽃, 노루귀, 애기똥풀, 금낭화…, 모습만 떠올려도 고것들의 수다에 눈귀가 간지러울 듯하다. 꽃들의 자태에 어울리는 이런 고운 이름을 지어준 사람의 지혜와 정성 또한 놀랍다.

자연의 변화나 삶의 굴곡을 넘어설 때면 난 사색의 늪에 빠져든다. 내면에 고여 있는 뭔가에 대한 그리움과 아쉬움, 미련의 끈을 놓지 못한 내 젊은 날의 꿈에 대한. 이런 사색의 뒤끝은 일상의 권태에서 벗어나려는 욕망으로 채워진다.

봄이 되면 나는 센티멘털리스트가 되어 홍역 같은 병 아닌 병치레를 한다. 내 마음 한구석에는 아직도 소녀 적 여린 감성이 남아 있는 듯하다. 인간은 변치 않는다더니 죽는 날까지 나다움은 그냥 그대로 내 심연에 뿌리를 내리고 내 삶을 조종할 것이다.

가정 살림을 하는 아낙의 일상은 끝이란 게 없다. 목적지 없이 분주히 맴돌아야 하는 방황 같은 것. 보이지 않는 일상의 톱니바퀴에 맞물려 돌아가는, 내 이상과는 무관한 생활. 그런 규격의 삶 속에 갇혀있는 자신을 발견했을 때의 그 공허함. 그게 내 사색의 시원始原일지도 모른다. 그럴 땐 어디론지 떠나야 한다. 사람들이 복작거리는 시장 뒷골목도 좋고, 인적 없는 한적한 오솔길도 좋다. 그도 아니면 그냥 발길 닿는 대로 마음 내키는 대로 목적지 없이 떠도는 것. 매화꽃 흐드러진 어느 시골 과수원길, 벚꽃 흩날리는 가로수길, 해초 따는 아낙과 마주할 수 있는 해안 길이면 어떤가.

또렷한 목적지도 없이 약간의 두려움과 설렘 속에 하루쯤은 길을 잃어 보는 것도 좋다. 낯선 길은 나에게 또 하나의 긴장과 휴식과 일탈이 될 수도 있다. 그러고 보면 여행이란 바깥이 아니라 내 안을 탐사하려는 욕망에서 출발하는 것. 나를 둘러싸고 있는 내 일상의 그 어디를 더듬는 게 아니라 내 마음속의 낯선 황야를 탐색하는 것인지도 모른다.

어느 시인은 "인간은 우주의 시간 여행자, 저마다 돌아오지 않을 여로에 나선 것"이라 했다. 내 삶 자체가 편도 여행이란 말이다. 첫사랑, 첫 키스, 첫 설렘이 되돌아오지 않듯이 여행은 그냥 지나쳐 가는 것. 내가 여행에서 찾고자 하는 것도 저 너머 내가 살아보지 못한 시간들과 나의 내면에서 이미 지워진 설렘과 두려움이 되살아날 듯싶은 그 어떤 곳이다.

반복되는 일상에서 배설되는 너절한 근심과 코딱지처럼 내 심연에 달라붙은 권태와 환멸. 이것들이 내 존재의 의미마저 퇴색시키려 할 즈음 어디선가 들려오는 구원의 속삭임. 훌훌 털고 떠나라는 내밀한 메시지. 간곡한 명령과도 같은…. 그 속삭임에 끌려 나는 떠돈다.

그런저런 사연으로 정처 없이 떠돌았던 일. 때론 안전과 편리함과 익숙함만을 앞세웠던 적도 있다. 식구들과 동행일 때는. 그런 여행이나 떠돎에는 긴장과 이완의 파장이 없다. 의무나 책임치레가 더 우선이기 때문이다. 그 한 예로 가족과 서울 나들이할 때면 나도 모르게 내 발이 앞장서 버린다. 위풍당당하게 솟아 있는 남산

타워로. 버스를 타고 가도 될 것을 에둘러 걸어서 간다. 혼잡과 낯
섦을 더해 보려고. 그러나 아무리 각색해 봐도 이제는 익숙한 코스
가 되어 버렸다. 남산타워를 배경으로 그려 놓은 빛바랜 가족사진
들을 볼 때마다 내 얼굴에는 잔잔한 미소가 인다. 스릴이나 낭만의
추억이 아니어도 가족과의 여행은 그 여운이 쉬 사라지지 않는다.
은밀한 곳에 감춰둔 꿀단지처럼 잊을 만하면 들춰내어 그때의 행
복을 맛보곤 한다.

지난해에는 사랑하는 내 딸과 그 자리에 올라 그 옛날 어머니
와의 추억을 재현해 보았다. 아마 내 딸도 시집가고 딸을 낳으면
내 여행 방식을 답습하리라. 가족에게는 탈 없이 안전한, 실은 재
미없는 여행을 주선하면서도 제 여행은 스릴과 낭만에 코드를 맞
추려는.

난 '어머니'와 '한 여성'이라는 이중적 삶을 살아야 하는 여자인
가 보다. 모성은 숙명적으로 그런 속성을 지니게 마련이라며 스
스로를 애써 합리화 해 보지만, 왠지 씁쓸해진다.

요즘 솔로들이 얄미울 정도로 당당한 이유도 어머니의 길을 포
기한, 한 여성으로서의 홀가분한 삶 때문은 아닐는지….

베트남 하롱베이를 가다

대지가 금방 타오를 것만 같은 불볕더위에 온도계를 들고 밖으로 나갔다. 외부 온도가 섭씨 37도다. 숨이 막힌다. 이상 고온 현상에 대한 뉴스가 TV자막을 어지럽히고, 폭염주의보 문자메시지가 핸드폰을 울려댄다. 그래선지 다들 어디론가 떠난다. 나도 귀동냥하며 여름휴가 갈 곳을 물색해 본다. 가까운 일본이나 대만을 갈까? 그냥 만만하게 다녀올 수 있는 중국은 어떨까? 이리저리 궁리하다 전부터 가고 싶었던 곳 베트남 하롱베이로 낙점했다.

하롱베이는 베트남 북부에 있는 만灣으로 1,969개의 섬이 있는 유네스코 세계자연유산으로 등록된 명승지다. 강렬한 여름 햇살이 온몸을 불사르는 불볕더위인데 무사히 여행을 할 수 있을까? 떠나지도 않은 여행 걱정이 앞선다. 여행은 언제나 마음이 앞서 나간다.

먼저 다녀온 사람들이 이구동성으로 꼭 가봐야 할 관광명소란 소릴 많이 해서 출발하기 전부터 한껏 기대가 부푼다. 김해공항에서 베트남행 비행기에 올랐다. 5시간여 비행 끝에 베트남 하노이 노이바이 국제공항에 안착했다. 집에서 폭염에 이력이 붙은 때문인지 하노이 날씨는 걱정했던 것만큼 덥지 않다.

여행지에서 첫날이 밝아온다. 이역 땅에서 맞는 아침이다. 나서기엔 이른 시간이지만 얼굴과 몸매 단장에 신경을 쓴다. 평소에 한 번이면 충분하던 거울도 두세 번 챙겨 보며 온몸을 꼼꼼히 살핀다. 이곳에 왔으니 베트남 전통 모자를 쓰고 한껏 멋을 부려보려는 심산에서다. 모자의 턱 끈을 죄어보지만 시원치 않다. 그래도 작열하는 태양을 가리기에는 이만한 게 없으니 그냥 눌러쓴다.

'하롱베이'는 하늘에서 용이 내린 만이라는 뜻이다. '하롱'은 용이 내린다는 중국식 표현이다. '하늘에서 용이 내려와 입에서 보석과 구슬을 내뿜자, 그것들이 바다로 떨어지면서 다양한 모양의 바위가 되어 침략자를 물리쳤다'고 하는 전설에서 유래된 이름이라고 한다.

우리 일행은 배를 이용해서 세계적인 절경 하롱베이 섬들을 둘러봤다. 섬과 섬 사이를 지나며 동굴 깊숙한 곳을 탐방하기도 했다. 탄성이 여기저기서 새어나온다. 동굴을 탐사하다 보니 많은 섬들에 동굴이 있다는 걸 알게 되었다. 규모가 큰 곳은 석회암 구릉으로 오랜 세월에 걸쳐 바닷물과 비바람에 침식되어 기암을 이루고 있다. 지금 내 앞에 펼쳐져 있는 이 경관을 무어라 표현해야 할지. 섬들의 절경이 에메랄드빛 바다와 어우러져 수채화를 푸른 바다에 흩뿌려 놓은 듯하다.

하롱베이만灣에만 2천 개에 가까운 섬이 있다니 그야말로 섬 천국이다. 우리가 탄 배가 그 사이를 유유히 지난다. 통킹만 서쪽에 있는 섬들은 더 크고 아름답다고 넌지시 귀띔한다. 세상에 이런 절경이 어디에 또 있을까? 그 많은 섬 하나하나가 모두 제 이름을 가졌다. 바다 위에 둥실둥실 떠 있는 기암괴석이 화가가 조각해 세워놓은 듯 내 눈을 사로잡는다. 그야말로 섬들의 요지경이다. 천상의 낙원에라도 와 있는 듯 무아지경에 빠진다. 한동안 눈 호사를 즐기며 천상에 머무는 황홀경에 젖어본다.

하롱베이를 상징하는 키스바위 앞에서 영화 속 주인공처럼 사진도 찍었다. 암탉과 수탉 모양의 바위가 키스하는 형상이어서 그곳을 향한 내 모습이 〈타이타닉〉 영화의 멋진 장면과 흡사하다. 아름다운 남녀 한 쌍이 뱃머리에서 두 팔을 벌려 세상을 끌어 안는 포즈다. 추억으로 남는 건 사진뿐이니 몇 장 더 그려 넣었 다.

여행지마다 시장을 둘러보는 게 여행의 묘민데 오토바이와 자 동차의 시끄러운 경적 소리 때문에 망설여진다. 더구나 오토바 이에 어린아이까지 함께 태우고 달리는 모습은 불안하기 이를 데 없다. 더구나 곡예운전을 하는 사람들까지 가세하니 몇 번이나 내 심장을 쓸어내려야 했다. 복잡한 거리에서 시도 때도 없이 끼 어들고 뒤엉키는 모습이라니. 난생처음으로 수많은 오토바이들 의 묘기행렬을 본다. 오토바이 매연으로 숨도 제대로 쉴 수가 없 다. 도로 상태는 열악한데 오토바이와 자동차가 뒤엉켜 달리며 역주행도 서슴지 않는다. 이러다가 대형사고가 나는 건 아닌가 하는 불안한 생각에 내 마음이 외려 조마조마하다.

길거리에 목욕의자를 놓고 앉아있는 모습도 가관이다. 우리나 라에서는 목욕탕에 가면 흔히 볼 수 있는 때밀이용 플라스틱의자 다. 베트남에서는 길거리 음식점에서 손님들이 앉는 의자로 요긴 하게 쓰인다는데 하노이 시장이나 가게 밀집지역에서도 많이 눈 에 띈다. 한 평도 안 되는 좁은 가게 목욕의자에 베트남 사람과 관광객들이 앉아 있다. 소란 때문에 정신을 가다듬을 겸 음료수 를 들고 목욕의자를 찾아 앉았다. 비록 볼품은 없지만 편하다. 볼품이 없다고 깔본 생각이 떠올라 혼자 피식 웃었다. 정신 나간 사람처럼.

　이번 여행의 뒷맛은 썩 개운치 않다. 복잡한 일상에서 벗어나 한적한 여유를 즐기고 싶었는데 일상보다 더 복잡한 곳에 갔으니 당연한 결과인지 모른다. 그렇지만 여행은 즐기는 것 못잖게 체험도 중요한 요소다. 복잡하고 소란한 곳을 경험했기에 현재의 내 삶이 소중하게 다가오는 것이다. 이제 일상으로 돌아와 살다 보면 하롱베이 통킹만 푸른 바다가 보고 싶은 그리움으로 떠오를지 모른다. 힘든 삶일수록 지나고 나면 더 큰 그리움으로 우리 앞에 아른거린다.

행복과 행운

오월이면 난 어디론가 떠나고 싶은 충동이 인다.

맑고 고운 햇살에 오월의 신록은 눈부시도록 청징하다. 진초록의 아까시와 버드나무 잎들은 성숙한 여인의 살결처럼 윤기가 넘쳐흐르고. 창가에 앉아 바깥 경치를 바라보며 내 마음속의 사념들을 날려 보낸다. 정성들여 가꾼 오월의 내 정원에서 차 한 잔의 여유는 고고한 행복이다. 풀숲에서 전해오는 그것들의 색과 향은 찻잔을 맴돌며 심란한 내 마음과 눈에 생기를 돋워준다. 안경잡이인 나는 가끔씩 눈에 초록샤워를 해줘야 하니 정원의 풀과 나무는 내 눈의 수호천사인 셈이다. 그래서 나는 꽃과 나무를 남다르게 좋아한다.

청주 푸른솔문학행사에 참여하려고 김포행 비행기에 몸을 실었다. 청주 직행노선 티켓을 구하지 못하여 서울로 가서 다시 청주로 내려가야 하는 지그재그 행로다. 하긴 여행에서 목적지를 향해 직행하는 게 좋은 일만은 아니다. 가는 과정 하나하나가 모두 볼거리요 즐길 거리이니 에둘러가는 게 더 나을 수도 있다. 우리네 삶도 목표만을 향해 숨 가쁘게 내달릴 필요는 없으리라. 살아가는 과정 어디쯤에서 좋은 사람도 만날 수 있고, 예상외의 보물도 숨어 있을 터이니. 잠시 쉬어도 가고 정들면 머물렀다가도 가고.

문학행사장은 향교 뜰에 해가림막을 설치하고 마련되었다. 오월임에도 한여름 복더위처럼 따가웠다. 그런 와중에도 호드기불기 대회를 한다고 피리 소리 청아했다. 말이나 글로만 익혔던 목동들의 버들피리나 풀피리를 직접 불어보고 들어보니 신기했다. 시상식도 별났다. 상품으로 내놓은 것들이 쌀이며, 병풍이며, 토마토 모종이라니. 참으로 이색적이었다. 문학행사에 지역주민들이 함께 참여하여 잔치처럼 치러지니 분위기도 훈훈했고. 고고한 척 글쟁이들만 모여앉아 글줄을 읊은들 공감해 줄 사람 없으면 맹탕인데. 지역 속에 뿌리내린 문학, 지역민과 함께하는 문학 활동을 어울림 한마당으로 신명나게 풀어나갔다. 행사라는 게 자칫

형식에 치우쳐 경직되기 쉬운데.

행사가 끝나갈 무렵에 행운권 추첨. 단상 옆에 높게 쌓아 놓은 큼지막한 상품들. 행운권 추첨을 시작한다는 사회자의 말에 주위가 조용해졌다. 주머니에서 행운권을 꺼내들고 불리기만을 기다리는 사람들. 번호가 불릴 때마다 희비가 엇갈렸다. 내 번호도 당첨되었으면 하고 기대해 보았지만….

'남들은 묵직한 상품을 들고 의기양양하게 돌아가는데 난 언제나 빈손이었다. 집으로 가는 길은 왜 그리 서운했는지. 친구들은 행운이라는 걸 잘도 잡아채는데. 내 손 안의 숫자는 늘 무용지물이었으니….'

기대가 있으면 실망도 생기게 마련. 난 아예 포기하고 옆에 앉은 선생님과 이야기에 열중했다. 그래도 내 번호와 비슷한 숫자가 얼결에 들리면 아쉬움을 참지 못하고. 행운 번호도 끝자리가 재수 없는 4번이다. '4'라는 숫자는 한자로 죽을 '死'와 같은 음이라 안 좋은 숫자로 치부해버린다. 그런데 이게 웬일인가. 사회자가 내 행운번호를 부르는 게 아닌가. 아이처럼 기뻐서 손 들고 펄쩍 뛰어나갔다. 뜻밖의 당첨이다. 선물도 찻잔세트. 난생처음 받아본 행운 상품이었다. 이 좋은 여행에서 선물까지 받다니. 여행이 좋아서 내 행운권이 당첨됐는지, 행운권이 당첨돼서 좋은 여행이었는지 헷갈릴 정도였다.

난 지금 행복에 젖어 있다. 녹색 문양이 예쁘게 새겨진 행운의 찻잔으로 차를 마시고 있으니. 진한 커피 향을 음미하면서 행복과 행운의 의미를 그려본다. 살아가는 동안에 뜻밖의 행운을 만나기도 한다. 성공하면 행복할 것이란 소리도 하고. 잠깐 왔다 사라지는 찰나의 행운이나 행복보다 오랫동안 그것들이 내 안에 차고 넘친다면 얼마나 좋으랴. 내 가족, 내 사랑하는 이에게 행운과 행복이 안겨졌으면 좋으련만. 그러나 행운은 자기가 원한다고, 주고 싶다고 뜻한 대로 되는 건 아니다. 어쩌면 신의 선물이라고나 해야 할지…. 그렇지만 행복은 자신이 만들어 갈 수도 있겠다는 생각이 든다. 욕심을 버리면 대신 행복으로 채워진다 했으니. 물론 범인凡人으로선 넘보기 어려운 경지이긴 하다. 욕심은 삶을 이끄는 동력이기도 하니. 하기야 행복의 비법을 너나없이 알아버린다면 모두가 행복해질 터이니 그리되어도 곤란한 일이다. 어차피 인간 세상은 행·불행이 적절하게 뒤섞여야 성취동기나 경쟁 욕구가 생겨나 제대로 굴러갈 수 있을 터이니. 천당과 지옥을 어느 한 쪽만 설정할 수 없듯이.

기대를 품고 떠났다가 아쉬움만 안고 돌아오는 게 여행이라 했던가. 오고 가는 과정에는 기대와 아쉬움이라는 인간관계가 형성되기에 하는 말인 듯하다. 새로운 인연과 전통의 체험, 기적 같은 행운과 향기로운 추억 한 컷 남긴 짧은 청주 나들이. 지금 그것들

을 뒤적이며 찻잔을 기울이고 있다. 이만하면 이번 여행은 나에
겐 아쉬움보다는 분에 넘는 행복이었지 싶다.

남이섬 여행

고운 햇살이 살며시 미소 짓는다. 가까운 들녘 어디쯤에서 새봄이 숨고르기를 하고 있는 모양이다. 늦추위가 찾아올지는 몰라도 아직까지는 여느 해보다 따뜻하다. 그야말로 나들이하기에 그만인 날씨다. 그래서인지 내 안에서는 여행에 대한 가슴앓이가 시작된다.

'어디로 갈까? 누구랑 갈까? 뭘 사 먹지? 옷은 뭘 입어야 할까?'

내 마음은 밑도 끝도 없는 황홀한 상상의 늪으로 빠져든다. 그러고 보면 봄은 내 안의 방랑 끼를 부추기나 보다. 이맘때면 어김없이 몽유 같은 혼란을 겪어야 하니.

오래전에 남이섬을 여행했던 추억 나부랭이들이 오글오글 기어 나온다. 그게 언제 적 추억인데, 체류기한이 지났을 텐데도 어디에 숨었다 나오는 건지….

젊은 시절 청바지에 티셔츠 달랑 입고 허물없이 지내는 친구들이랑 들뜬 기분으로 꿈같은 여행을 즐겼었다. 그해 봄도 아마 올봄처럼 포근했던 것 같다. 멀리서 보이는 바다 같은 호수, 하늘보기 하는 나뭇가지마다 하얀 조각구름이 걸린 풍경. 그야말로 천상낙원의 운치였다. 재잘대며 흐르는 물소리 따라 이어지는 산책로, 북한강이 눈앞에 보이고 호수 변을 따라 즐비하게 늘어선 별장들. 사람과 자연과 문명의 산물들이 한데 어울려 환상의 비경을 연출했다. 한 번쯤은 더 와 보고 싶은 충동이 일었다. 연인과 함께 걸어가는 여행객들의 뒷모습도 주위 배경과 너무나 잘 어울렸다. 그 멋진 모습에 한동안 넋을 잃었다. 나도 저런 포즈를 취하며 걸어봤으면 싶었는데….

그때의 간절한 소원을 좇아 남이섬을 다시 찾았다. 나에겐 추억여행이 된 셈이다.

계절 따라 독특한 운치를 뽐내는 곳. 〈겨울연가〉 드라마 촬영장으로도 유명하지만 지금은 '나미나라공화국'이란 이름이 더 인기다. '나미나라관광청'이 있고, 여권을 발급받아야 승선이 가능하다. '나미'라는 화폐가 사용되고, 유모차가 대여되며 자전거를 빌려 타고 섬을 일주할 수도 있다. 아이들과 엄마들의 천국이라고나 할까.

축제도 많고 볼거리, 즐길 거리가 많아선지 그야말로 인산인해다. 그때의 호젓했던 모습과는 딴판이다. 내 여행 취향과는 너무나 다르니 적잖이 실망이다. 같이 간 일행들은 초행이라 신기한 듯 여기저기에 제 모습을 그려 넣으려 황망히 돌아다닌다. 나는 나무둥치에 기대서서 지난 추억 더듬기를 하며 소녀 적 기분에 젖어본다.

나에게 여행이란 무엇인가.

행복 찾기 게임일까? 아니면 내 자신을 위한 재충전의 기회?

친구와 서로의 마음을 터놓고 흉허물 없이 수다를 섞는 일 같기도 하고. 몸과 마음의 자유를 찾아 마음껏 내달리기 하는 것일 듯도 싶다.

갑자기 지금의 내 기분을 누군가에게 전하고 싶어진다.

핸드폰으로 사진을 찍어 함께 못 온 친구들에게 보낸다. 솔깃한 사연과 함께. 우리가 왔었던 그 자리에 추억여행 왔노라고. 쌍쌍이 걷는 연인들의 모습은 그때나 별반 다름이 없고, 이곳 경치에 제 모습을 붙박으려고 온갖 포즈를 취하는 친구들의 면면은 더 볼만 하다고.

아쉽지만 남이섬 추억여행의 미련을 털고 다음 경유지로 향했다.

차창 밖으로 들녘의 풍경들이 명멸한다. 붙잡고 싶을 만큼 아름다운 것들이 스쳐 지난다. 손발은 어쩔 수 없으니 내 시선만 그것들을 열심히 쫓다 되돌아오곤 한다. 하긴 머물고 싶고, 살고 싶은 곳이 어디 이곳뿐이랴. 여행 때마다 아쉬움이 남기에 다시 오고 싶은 충동이 일고, 이번처럼 추억여행도 하게 되는 것이다.

나이도 잊은 채 재잘대며 쏘다녔으니 녹초가 된 모양들이다. 수다 소리 잦아드는 걸 보니 차창을 베개 삼아 오수에 빠진 듯하다. 이러다가도 목적지에 다다르면 언제 그랬냐는 듯이 개구쟁이 악동들로 변신할 것이다. 온전한 자유인이고 싶은 욕망의 분출, 주체 못할 그 분방자재奔放自在. 눈에 보일 듯 선하다. 그러고 보면 여행은 환상의 자유무대를 찾아 헤매는 방황 같은 것이다.

친구 같은 내 딸

'삐리리, 삐리리.' 주말 새벽 나를 깨우는 알람소리다. 평소 같으면 일어나기가 싫고, 몸도 천근만근일 텐데. 오늘은 몸도 새털이고 머릿속까지 상쾌하다. 괜스레 기분이 좋아지는 건 주말이기도 하지만 딸에게 받은 항공권 때문인 듯도 하다. 모녀가 함께 여행을 하기로 했는데 딸이 항공 티켓을 보내온 것이다.

딸은 내 친구다. 딸이 성숙하면서 이런저런 의논도 하고, 기대기도 하면서 모녀지간이 아닌, 사이좋은 친구로 지낸다. 가끔 티격태격할 때도 있지만 서로의 속마음을 가장 잘 아는 사이다. 문자메시지나 핸드폰 음성으로 영화나 여행 이야기, 마트에서 쇼핑

했던 잡다한 일들까지 늘어놓다 보면 옆에 마주앉아 얘기를 나누는 것으로 착각할 때가 많다. 애교도 많고 억양도 부드러워서 주고받는 이야기 속에 정감이 넘쳐흐른다. 나도 모르게 이야기 속으로 빠져들 수밖에. 나는 무뚝뚝한 편인데. 그래서 둘 사이가 짝짜꿍인가 보다. 요凸와 철凹이 아귀가 맞듯. 그래도 비슷한 취향은 있다. 은회색 계통의 색깔을 좋아하고, 음악이나 영화감상, 여행을 좋아하는 것 등등…. 모녀가 짝이 되어 가끔씩 여행을 즐길 수 있는 이유다.

지난 연휴에는 전주 한옥마을 찾았다. 서울에 사는 딸과 조우하여 여행 일정을 잡고 전주행 열차에 몸을 실었다. 한옥마을에 들어서자 입구에서부터 한복을 입은 사람들이 눈에 띈다. 마지막 주 토요일은 '한복-데이(Hanbok-day)'라나? 요즘은 우리 고유의 전통 의상인 한복을 입을 기회가 많지 않다. 설날이나 추석 같은 명절, 결혼식이나 가정의례의 특별한 날에만 입으니 젊은이들은 한복 차림을 신기하게 여긴다. 연인이나 친구끼리, 가족 동반으로 한복을 입고 한옥마을을 둘러보며 기념촬영에 부산을 떤다. 좋은 추억을 새겨 넣으려면 그에 상응하는 발품이 필요한 법이다.

한참 동안 한옥마을을 둘러보고 난 후 딸이 내 손을 잡아끈다. '벽화마을'에 가잔다. 가는 길을 따라 담벼락에 그려 넣은 그림을 감상하였다. 집집마다 대문을 열어도 된다고 한다. 문만 열면 집의 내부가 환히 들여다보인다. "보고 가실 때에는 문을 꼭 닫아주세요" 라는 팻말이 문고리에 걸려있다. 살며시 문을 열어 봤다. 문풍지를 발라놓은 곁문과 툇마루, 볕이 잘 드는 정원에는 개망초, 접시꽃, 꽃창포가 몸단장하고 우리 모녀를 반긴다. 잘 가꿔진 텃밭에는 녹엽 채소가 싱그럽다. 마당한 편에는 차 한 잔 마실 수 있는 코너도 마련되었다. 지나는 길손에 대한 지극한 배려다. 찾는 사람들이 많은 까닭을 짐작게 한다.

골목길 회색 담벼락 밑에는 화분들이 가지런히 놓여있다. 분마다 이름 모른 꽃들이 흐드러지게 폈다. 누렇게 빛바랜 한지 벽지에 투박한 글씨로 '종이정원'이란 간판이 창문 너머로 보인다. 내 시선을 끈다. 폐한지 사이에 씨앗을 넣어 만든 그림엽서다. 물그릇에 담아두면 씨앗에서 새싹이 터서 자란단다. 호기심에 몇 장 골랐다. 평소 선물하고 싶었던 지인들의 얼굴이 떠오른다. 이 카드를 받아든 상대의 표정을 상상하니 내 입이 먼저 미소를 그려낸다. 여행하는 사람들에게 그림엽서는 여행의 흔적이며 책갈피에 접어둔 행운의 풀잎 같은 추억의 화소話素다. 여행지 사진들로 만들었기 때문에 받아보는 이도 잠깐 여행에 동행한 느낌이 들고.

차창에 비스듬히 기대어 무언가를 쓰고 있는 여행자 모습의 카드가 내 마음에 쏙 든다. 그리운 사람에게 소식을 전할 때 안성맞춤일 듯싶다. 여행 중에 사랑하는 연인이나 친구와 주고받는 엽서의 사연은 모두에게 행복한 설렘이 된다. 이제는 그런 설렘의 엽서가 박물관 영상 코너에서나 볼 수 있게 되어버렸다. 인터넷과 스마트폰이 엽서의 낭만을 밀어버렸다. 그래도 쪽빛 한지 편지지와 한옥 그림엽서를 몇 장 구입했다. 누군가에게 보내야겠다는 생각보다 간직하고 싶다는 마음에서다.

여행의 끝날 무렵 딸에게 보낼 사랑의 메시지를 적었다. 예쁜 그림엽서에다. 아마 내 딸도 핸드폰이 아닌 육필로 쓴 사랑의 답신을 보낼 것이다. 그림엽서가 있어서 이번 여행의 추억은 오래도록 남을 것이다. 딸을 품에 안고 '네가 있어 내가 행복하다.'는 무언의 마음을 전한다. 이심전심일까. 가을이 되면 다시 모녀 여행을 하잔다. 친구처럼 다정하게.

완도수목원에서

　남도 여행길에 완도수목원을 찾았다. 국내 최대 난대림 수목원이다. 발길을 들이니 시야 가득 초록이다. 내 몸도 초록으로 물들듯하다. 길 따라 늘어진 나뭇가지들은 풍성한 이파리로 따가운 오월의 햇살을 가려준다. 그 아래서 하늘을 올려다보니 오월의 숲과 하늘은 한 폭의 수채화다. 초록 수풀과 오월의 하늘이 이리도 잘 어울리다니. 이제야 새롭게 발견한 자연의 조화다. 하늘을 바라볼 여유도 없이 살았다니 참으로 부끄럽다.

　아장아장 걸음마를 시작하는 손자 곁에서 뒤뚱뒤뚱 발맞춰 걷는 할아버지와 할머니. 젊은 부부는 먼발치서 조손祖孫 사의의 애틋한 사랑을 확인하며 뒤따라온다. 3대가 함께 얼려 행복을 버무리며 나들이하기에 그만인 운치다. 나도 언제면 손자 손녀와 한데 얼려 저런 나들일 해볼까. 갑자기 아들딸의 얼굴이 눈에 어린다. 저들이 결혼하고 자식을 낳아야 가능한 일이기에 이 상황에 그 주역들이 떠오르나 보다. 연상 작용이라는 게 참으로 신기하다. 아들딸 키우며 지냈던 지난 일이 오늘의 행복이 되어 미소까지 그려내다니.

속세를 벗어난 곳에서 자라는 나무와 풀들은 싱그러움이 더하다. 곱게 펴진 나뭇잎과 풀잎들. 모두가 본연의 모습이다. 공해 없이 자란 호강에 겨운 자태랄까. 사람도 공해를 피해서 살 수만 있다면 이곳의 풀과 나무들처럼 본연의 고운 때깔일 수 있을까? 저 스스로 만들어놓은 문명의 영토에서 더 멋진 문명의 아성을 구축하겠다며 각축을 벌이고 있는 인간 군상들. 순수한 본성은 오간 데 없고 일그러진 모습들뿐이다. 한동안 이곳에서 생활하다 보면 나도 이것들처럼 순수해질 듯하다.

앞을 보니 숲에 휘둘린 널따란 호수가 비경을 그려낸다. 산과 들의 온갖 색채와 문양에다 파란 하늘까지 제 수면에 세세히 그려 넣었다. 호수 주위는 기묘한 바위로 암벽을 두르고 산책길을 터놓았다. 그 길 따라 걸으면서도 내 눈은 호수에서 떠나지 못한다. 산 사이 분지였을 이곳에 물을 채워놓으니 이런 경관이 연출

된다. 물의 오묘한 조화다. 가만히 호심湖心을 바라보고 있노라니 마음도 수면처럼 고요해진다. 물고기들도 한가롭다. 지나는 사람들이 먹이를 던져 주곤 했으니 인기척이 나면 수면으로 정체를 내보인다. 먹이를 주지 않자 자취를 감춘다. 상황을 판단할 줄도 안다. 이것들을 잠시 희롱하며 즐기려면 먹이가 있어 하겠다. 세상에 공짜는 없다더니 별것들이 나를 다 시험한다.

계절의 여왕 닮게 오월은 산과 들을 최고의 운치로 꾸며놓았다. 삭막했던 벌에 푸른 융단 깔아놓고, 잎 떨어진 고목에도 푸른 정기를 불어넣었다. 머잖아 산과 벌과 계곡을 푸른 녹음으로 덮어 성하의 광휘로 채울 것이다. 이 수목원도 인공을 가미하여 더 찬란한 색과 형으로 거듭날 테고. 자연은 자연그대로 유지되도록 인공을 최소화해야 한다지만 때로는 이렇게 인공을 가미하며 예술적인 운치로 다듬어 놓을 필요도 있다. 그래서일까? 이곳에도 볼거리와 편의시설 공사로 분주하다. 아무리 첨단 문명이 지배하는 세상이라고는 하지만 아직도 인간은 자연 속에서 자연을 이용하며 삶을 영위해야 하니 어쩔 수 없는 생존 전략이다.

깊은 산길로 들어서니 창창한 수목들이 나를 에워싼다. 그야말로 초록 속에 휘감긴다. 잡다한 소음과 미세먼지가 들끓는 도시와는 판판이다. 숲속에 들어찬 맑은 공기는 내 안의 탁기를 몰아내고, 은은하게 속살대는 자연의 미성과 간간이 숲을 깨우는 새소리와 바람 소리는 내 오감을 예리하게 벼린다.

　나무가 자기보호 기제로 내뿜는 피톤치드는 병든 사람의 심신을 치유한다니 숲길을 걷는 일이야말로 치유의 행로다. 숲은 인간에게 한없이 베푼다. 그래서 이처럼 나무를 심고 가꾸는 데 공력을 들이는 것이다. 몇 시간 숲에 들어 지내니 몸과 마음이 한결 맑고 유순해진다. 인자요산仁者樂山이라는 말이 새삼 떠오른다. 숲이 주는 이 모든 것으로도 부족한지 풍광마저 사진으로 그려 차지하려 한다. 손발을 맞추듯 눈과 손을 맞추며 분주히 셔터를 누른다. 순수한 자연에서도 끝없이 발현되는 인간의 욕심이라니. 자연을 닮겠다는 것도 한낱 욕심일 뿐이다.

생의 반환점에서

수필은 자신이 걸어온 삶의 자취다. 내 상상과 감정의 표현인 동시에 내 안에 잠자던 상념의 기지개다. 그것들이 내 생의 전환점에서 나의 선물로 형상화되어 내 앞에 놓이게 되었다. 내가 나에게 주는 생의 선물이다.

인생은 자신이 빚은 만큼 차지하고, 자신이 쌓은 만큼 성장하며 누린다는 걸 깨닫는다. 그 과정이 안일과 평온만일 수는 없다. 외부의 충격보다는 내적 갈등이 더 어려울 수도 있다. 인생의 반환점까지 좌절을 경험해 보지 않을 사람 드물겠지만, 나의 좌절도 뼈가 시린 아픔이었다. 누구에게 도움을 청하거나 신께 구원의 하소연으로 해결할 수 없는 아픔이기에 혼자 속으로 삭이며 시간을 셈하는 일상이기도 했다. 그건 삶이 아니라 고통이다. 그런 고통의 과정이 자신을 더 강하게 성숙시킨다더니, 이제는 지난 아픔도 아름다운 생의 추억으로 대면할 수 있다.

수필은 자신에 대한 글이다. 자신을 떠난 수필은 수필다운 매력이 없다. 그러니 자신의 내면을 적나라하게 까발리는 수밖에 없다. 그게 말처럼 쉬운 일이 아니기에 수필쓰기가 어려운 것이다. 그렇다고 자신의 모든 것을 그럴듯하게 각색하여 표현할 수도 없다. 한 편의 글을 써 놓고도 망설이고 또 망설여지는 이유다. 혹자는 수필의 소재가 무궁무진하다지만 글의 소재를 고르고 선택하는 게 글쓰기의 절반이란 소리가 남 말이 아니다.

이제 인생 후반, 글쓰기는 밤낮 없는 내 삶의 동반자로 나를 끌고 갈 것이다. 그것에 의지하고, 하소연하고, 때로는 그것을 대변인으로 세상에 거친 소리로 맞장(?)을 뜨게 될지도 모른다. 이제는 '여린 상념'의 티를 벗어났으니.

가당찮은 허세를 떨어본다.

첫 출간의 떨리는 마음으로 '내 안의 여린 상념들'을 독자 곁으로 조심스레 내놓는다. 많은 관심과 사랑으로 살펴줬으면 하는 바람이다.

2019년 7월 노을 짙은 저녁에.

전덕순

전덕순 수필집

내 안의 여린 상념들

인쇄 2019년 9월 1일
발행 2019년 9월 5일

지은이 전덕순
발행인 서정환
펴낸곳 수필과비평사
주소 서울시 종로구 삼일대로 32길 36(익선동 30-6 운현신화타워 빌딩) 305호
전화 (02) 3675-3885 (063) 275-4000 · 0484
팩스 (063) 274-3131
이메일 shina2347@naver.com   essay321@hanmail.net
출판등록 제300-2013-133호
인쇄 · 제본 신아출판사

ISBN 979-11-5933-239-5 03810

값 13,000원

이 도서의 국립중앙도서관 출판시도서목록(CIP)은 서지정보유통지원시스템 홈페이지
(http://seoji.nl.go.kr)와 국가자료공동목록시스템(http://www.nl.go.kr/kolisnet)에서
이용하실 수 있습니다.(CIP제어번호: CIP2019034907)

Printed in KOREA